luftschacht

Noch einmal kehrt Cooper zur Figur seiner ersten fünf Romane, die ihn in den 90er-Jahren berühmt gemacht haben, zurück: George Miles, er ist Coopers lebensbestimmende Liebe. Cooper erzählt von Georges traumatischer Kindheit; doch schon bald wechselt er zu Dennis und wie dem das Wünschen als Zehnjähriger das Leben gerettet hat. Er schreibt von dem folgenschweren Aufeinandertreffen zwischen George und Dennis und wie Dennis beginnt, sich Dinge für George zu wünschen. Und weil die größte Autorität im Wünscheerfüllen der Weihnachtsmann ist, ergründet Cooper den wahren Kern dieser Figur, um mit ihm zu verschmelzen. Dennis perfektioniert das Wünschen, er formuliert Wünsche, überarbeitet und verfeinert sie, um auf diese Weise zu erfahren, wer er ist. Er überträgt dieses Verfahren auf sein Schreiben und erkennt, dass all sein Wünschen immer um Liebe geworben hat.

Dennis Cooper unterzieht sich dem schmerzhaften Unterfangen, unter bruchstückhaften Gedächtnissplittern die Wahrheit aufzuspüren: Hat George Dennis und hat Dennis George wirklich geliebt, wie es die Erinnerung glauben lässt, oder war es bloß und immer nur ein Wunsch? *Ich wünschte* ist ein berührendes und erschütterndes Buch über das Wünschen, die Liebe, die Trauer, über das Verstehenwollen als Antrieb der Vorstellungskraft, über das Gedächtnis, seine sprunghafte unverlässliche Natur, und wie daraus ein kohärentes Werk der Kunst wird.

DENNIS COOPER ist Autor von zehn Romanen sowie zahlreichen Lyrikbänden und Sachbüchern. Seine Bücher wurden in 19 Sprachen übersetzt. Sein Roman *The Sluts* (2005) gewann den Prix Sade und den Lambda Literary Award für den besten Roman des Jahres. Seine jüngsten Romane sind *I wished* (2022) und drei einzigartige, international gefeierte Arbeiten, die zur Gänze aus animierten GIFs bestehen: *Zac's Haunted House* (2015), *Zac's Freight Elevator* (2016) und *Zac's Drug Binge* (2020).

Er arbeitete für die Spielfilme *Like Cattle Towards Glow* (2015) und *Permanent Green Light* (2018) mit dem Künstler und Regisseur Zac Farley zusammen und schreibt seit 2004 für die französische Theaterdirektorin und Choreographin Gisèle Vienne. Zudem ist Cooper Chefredakteur des amerikanischen Verlagimprints Little House on the Bowery und ein weithin veröffentlichter Kunstkritiker und Journalist, sowie mitwirkender Redakteur des Artforum International Magazine.

Dennis Cooper lebt in Paris und Los Angeles.

dennis-cooper.net | denniscooperblog.com | kiddiepunk.com

RAIMUND VARGA, geboren in Wien, wo er auch als Unterrichtender, Lektor und Übersetzer lebt.

Bei Luftschacht erschienen:

Ich wünschte (Roman, 2023)
Die Schlampen (Roman, 2021)
Mein loser Faden (Roman, 2018)
God Jr. (Roman, 2017)

Dennis Cooper

Ich wünschte

Roman

Aus dem amerikanischen Englisch von Raimund Varga

Mit einem Nachwort von Clemens J. Setz

Luftschacht Verlag

Titel der amerikanischen Originalausgabe: *I wished*
Copyright: © 2021 by Dennis Cooper
ISBN: 978-1-64129-304-4
Published by Soho Press Inc.
227 W 17th Street, New York, NY 10011

© Luftschacht Verlag – Wien
luftschacht.com

Alle deutschsprachigen Rechte vorbehalten.

1. Auflage April 2023

Umschlaggestaltung: Matthias Kronfuss studio – *matthiaskronfuss.at*
Übersetzung: Raimund Varga
Lektorat: Luftschacht
Satz: Luftschacht
Gesetzt aus der Metric und der Noe
Druck und Herstellung: Finidr s.r.o.
Papier: Holmen book Cream 80 g/m^2, Surbalin glatt 115 g/m^2, Geltex glatt 115 g/m^2

ISBN: 978-3-903422-21-6
ISBN E-Book: 978-3-903422-22-3

Für Zac Farley

ICH WÜNSCHTE

OVERTÜRE
(2021)

Ich habe angefangen, Bücher über und für meinen Freund George Miles zu schreiben, denn immer, wenn ich ehrlich über ihn sprach, wie ich es jetzt tue, spürte ich unter meinen Worten eine komplizierte Qual, mit der offenes Reden nicht zu Rande kommt.

Im Grunde gibt es niemanden, mit dem ich reden kann. Jeder Freund, den ich damals hatte, der auch ihn kannte, hat in den letzten Jahren nicht versucht, mich zu finden, was einfach wäre, da ich ja in sehr geringem Maße berühmt bin, während ihre Nachnamen so alltäglich sind, dass, wenn ich im Internet nach ihnen suche, buchstäblich Tausende von Kandidaten auftauchen.

Ich habe in so vielen Artikeln und Interviews über meinen Freund gesprochen. Wenn man eine Suche mit seinem Namen durchführt, taucht Seite über Seite auf, und jede, die nicht von einem weit entfernten Namensvetter handelt, ist entweder eine von mir oder über mich oder etwas von jemandem, der nur die Charaktere kennt, die ich nach ihm benannt habe.

Wie konnte jemand wie er sterben, ohne dass jemals ein einziger Freund oder ein Mitglied seiner Familie eine Gedenkseite angelegt oder seinen Namen in Tweets oder Facebook-Posts erwähnt hat, nicht einmal an seinem Geburtstag oder am Jahrestag seines Todes oder auch nur zufällig in Bezug auf etwas in ihrem Leben oder ihrer Kunst, das sie an ihn erinnerte.

Warum hat nie jemand, der ihn kannte, versucht, mit mir Kontakt aufzunehmen, um mir zu sagen: „Ich kannte ihn auch", oder „Danke, dass du so viel von deinem Schreiben ihm gewidmet hast", oder „Wie konntest du so etwas Verstörendes über meinen Freund oder Bruder oder ehemaligen Freund oder Sohn oder Cousin schreiben?" Ist das, was ich getan habe, so obskur? Schätze ja.

Wenn George mir nicht in den Sinn kommt, was für eine Weile, Wochen, Monate, passieren kann, komme ich klar, aber dann denke ich an ihn und werde genau so. Aber nicht „genau so", denn ich spreche fast nie über ihn, Punkt. Ich sage ein wenig, und die Leute sagen: „Das ist interessant und traurig." Aber sie meinen für mich und nicht für ihn.

Oder ich schreibe über ihn, und meine Leser sagen, „Das ist krank oder toll, oder er ist so süß, oder er ist zu gefühllos, oder er ist sehr rührend, oder er ist langweilig, oder er ist wirklich sexy, oder ich kannte auch jemanden wie ihn, oder ich kann mich so gut mit ihm identifizieren," was die beste oder einzige sinnvolle Reaktion ist, auf die ich überhaupt hoffen kann. Besser wird es für ihn nie werden.

Ich war drei Jahre lang bei einer Therapeutin und habe dort über ihn gesprochen, aber sie sagte, er sei in dem lebenslangen Ausagieren der mir von meinen Eltern angetanen Scheiße ein Symbol, und sie wolle nur, dass ich über meine Vergangenheit rede, nicht über ihn. Dann bat ich sie immer, bitte, bitte vergessen Sie mich und betrachten Sie mich einfach nur als jemanden, der Ihnen von ihm erzählt.

Ich weiß, wie schwierig es war, ihn um sich zu haben, und wie heiß und kalt er emotional war, und ich verstehe, dass er den Leuten einige schreckliche Dinge angetan und gesagt hat, gegen Ende, als ich unverzeihlicherweise nicht bei ihm war, aber kann sein Tod wirklich für alle eine so große

Erleichterung gewesen sein? So in etwa wie, ich muss mir nie wieder über diesen Kerl den Kopf zerbrechen?

Ich hatte eine Freundin, die behauptet, ein Medium zu sein. Sie hat einmal eine Sitzung für mich gemacht und gesagt, sie hätte ihn über meinem Kopf schweben sehen oder so. Sie sagte, dass er immer über mich wacht und so viel Liebe und Dankbarkeit für etwas empfindet, das ich früher für ihn getan habe oder seit seinem Tod tue, und ich habe ihr fast geglaubt, und vielleicht tue ich es sogar. So leicht ist es, mich zu verletzen.

Selbst jetzt denke ich, Was wäre, wenn das, was sie sich ausmalte, wahr wäre, denn ich möchte ihn so unglaublich und unsagbar gerne wissen lassen, dass er mir so viel bedeutet hat und bedeutet, dass ich all diese Elegien und Dinge geschrieben habe und immer noch schreibe, auch wenn ich nichts anderes mitteile als mein Bedürfnis, über ihn zu sprechen, aber warum?

Ich vermute, weil ich möchte, dass jemand, der meinen Freund kannte, dieses Buch liest und mich findet. Ich möchte, dass dieses Buch öffentlicher ist als meine anderen, damit es Leute findet, die normalerweise keine Romane lesen oder die sich einen Dreck um die Bücher irgendeines seltsamen Kultautors scheren, denn es sieht so aus, als ob jeder, der entweder ihn oder mich einmal kannte, sich nichts schert.

Ich möchte wissen, dass meine ganze Liebe zu ihm es wert ist, oder ich möchte jemanden finden, der mich davon überzeugt, dass er niemand von Bedeutung war, oder der sagt, „Er hat dich nie erwähnt", oder dass er mich so beiläufig erwähnt hat, dass es klar ist, dass ich ihm nicht viel bedeutet habe, und das ist die Hoffnung, und das ist die Angst, und ich weiß, das zu lesen ist nur teilweise interessant, aber es fällt mir sehr schwer, das hier überhaupt zu tun.

AUS ETWAS
HERAUSGERISSEN

Georges Vater ist ein gescheiterter Olympia-Turner, der selbst für einen Russen allzu unnahbar und niedergeschlagen wirkt. Mit Anfang 30 sieht er immer noch wie ein Teenager aus, außer wenn er sein Hemd auszieht, weil seine Muskeln etwas zu Verbrauchtes an sich haben. George denkt, er würde genau wie sein Vater aussehen, wenn sein Vater ein Wurm wäre. Er ist ein nicht besonderer 12-Jähriger, der gerne Gitarre spielen könnte und sich einen amerikanischen Zeichentrickfilm ansieht.

Jedes Land synchronisiert ausländische Fernsehsendungen in seiner Sprache, aber in Russland ist das ein Radau. Eine predigende Stimme liest die Dialoge der Schauspieler ab, als wäre die Sendung ein Gerät und ihr Geplapper dessen Anleitung, während die echten, süßen Geräusche im Hintergrund leise toben. So hört sich der Rest der Welt für Russen an, falls sie überhaupt aufpassen.

Donald Duck und seine grotesken Kohorten sind wie Delphine, die den Russen ihre Zufriedenheit durch eine trostlose, gleichgültige Oberfläche hindurch signalisieren. Es ist eine Form der Gedankenkontrolle, die noch aus der Zeit stammt, als alles unter der Führung der Kommunisten war, und Kinder mit einer introspektiven Veranlagung glauben lässt, sie könnten hören, wie die Wahrheit durch ihre süßen kleinen Gedanken hindurch angreift.

George kichert über die gedämpften Zerstreuungen des Fernsehers und hofft, dass seine Mutter aufstehen wird.

Sein Vater polierte lange die Möbel und Wände des Schlafzimmers mit ihrem sich wehrenden, zappelnden Körper. Das kam ihm nur zu bekannt vor, aber nicht die Stille danach, die nicht aufhören will. Georges Verstand sagt, wenn deine Mutter tot ist, solltest du dich besser umbringen.

Georges Vater torkelt ins Wohnzimmer und setzt sich seltsam nahe an seinen Sohn ran. Das auszuprobieren war ihm niemals zuvor in den Sinn gekommen. Er wirkt wie benommen von dieser noch nie dagewesenen Zugänglichkeit, und seine Hände pochen, weil er seine Frau endlich getötet hat. Er weiß, dass er George jetzt töten muss, aber zuerst versucht er, sich den ratternden Unsinn der Zeichentrickfilme anzusehen.

George ist nicht alt genug, um ein Verlust zu sein. Er wird einfach aus einer Leiche zwei machen, was auch nicht viel anders ist. Die Leute im Gebäude haben so oft gehört, wie er seine Frau und seinen Sohn geschlagen hat, dass sie abgestumpft sein müssen. Vielleicht könnte er George vergewaltigen, falls er das endlich will. Würden diese Schreie unschlüssig klingen? Die einzige Gefahr ist, dass er sich dafür vielleicht umbringen könnte. Ist das ein Problem?

Als Georges Vater ein Achtjähriger war, statteten Ermittler der Sportbehörde seiner Schule einen Routinebesuch ab. Nachdem sie ihn dabei beobachtet hatten, wie er Räder schlug und auf dem Spielplatz über die Schaukeln und das Klettergerüst wirbelte, kauften sie ihn seinen Eltern ab. Er wurde in einer gefängnisartigen Akademie für potenzielle Medaillengewinner untergebracht, zusammen mit fast vierzig anderen Jungen mit magischen Körpern.

Er wurde darauf trainiert, Goldmedaillen im Turnen zu gewinnen, mit kurzen täglichen Pausen am Vormittag, um nutzlosen Unterricht hinzuzufügen. Manchmal nahm er an kleineren Vorzeige-Wettbewerben in weit entfernten russischen Provinzen teil. Er gewann nie etwas, aber die Zuschauer waren voll von Pädophilen und Mädchen, die den hübschesten Teilnehmer mochten, und das war er.

So viele Filmteams filmten das engelsgleiche, Grimassen schneidende Gesicht von Georges Vater, dass es über Jahre das öffentliche Bild der russischen Turnmacht wurde. Durch diese Nützlichkeit blieb er im Rennen, noch lange nachdem bessere Turner abgeschossen worden waren. Wenn die Leute heute Georges Vater auf der Straße sehen, fragen sie ihn oft, ob er einmal jünger und wichtig ausgesehen hat.

Georges Vater bindet seine Schuhe auf und schüttelt sie aus. Er reißt sich sein T-Shirt herunter. Er öffnet den Reißverschluss seiner Hose, oder fängt damit an. Er steht auf, damit er sie hinunterziehen kann, aber er ist schwach, weil er seine Frau umgebracht hat, und umso weniger angezogen von der Chance, etwas zu gewinnen, dass er sich stattdessen auf die Couch zurückfallen lässt und seine wunden Hände aneinander reibt.

Er beginnt, Georges Kopf in seinen Schritt zu drücken, aber der Kopf fühlt sich an wie ein leicht ausstaffierter Schädel. Er hält inne und denkt an das Gehirn darin und dann an die dummen Gedanken seines Sohnes, wie auch immer die sein mögen. Er streichelt den Kopf, während er sich die Gedanken vorstellt, mit denen er arbeiten möchte, und dann, nachdem er George willig gemacht hat, zieht er seine Hand zurück wie das Tor einer Startmaschine.

George schaut eigenartig zu seinem Vater auf und zieht dann auch sein T-Shirt aus. Er hält das T-Shirt nervös in der Hand. Georges Vater reißt es seinem Sohn aus der Hand und hält es starr in seiner eigenen. Er gibt ihm zum Teil die Chance, ein Shirt zu sein, dann denkt er das russische Äquivalent von

„Scheiß drauf" und knüllt den Stoff zusammen, bis er die Form einer Blume hat, dann schnuppert er an dem Bildnis.

Der grobe, unkomplizierte Wunsch seiner Erektion legt sich über jegliches Glücksgefühl, das sein Sohn und er zusammen erschaffen hatten. Irgendwie möchte er George die Blume schenken, aber Liebe scheint dumm, also lässt er das Hemd fallen, dann macht er stattdessen eine Faust. George holt gigantisch tief Luft, dann wölbt er seinen Rücken, um den stärksten Brustkorb zu bilden, den sein Rippenkäfig hervorbringen kann.

„Warum hast du dein Hemd ausgezogen?", fragt Georges Vater.

„Weil du es getan hast", sagt George.

„Hast du keine Angst?", fragt Georges Vater.

George entsichert nervös die Zunge und die Schnalle seines Gürtels, der einen Cowboy-Stil hat. „Ja", sagt er.

Georges Vater steckt eine Hand in das Aufflackern der Unterhose und greift zu.

„Er sagt auch Ja", sagt er.

„Er denkt wahrscheinlich, dass deine Hand meine ist", sagt George.

„Holst du dir einen runter?", fragt Georges Vater.

„Manchmal", sagt George.

„Woran denkst du, wenn du dir einen runterholst?", fragt Georges Vater.

„Was ist die richtige Antwort?", fragt George. Er schaut in die Augen seines Vaters, die entweder einen Dreck zu sagen haben oder den verstörten Dreck in seinem Kopf hinter sich lassen, dann denkt er über die Frage nach. „Manchmal an meine Mutter."

„Deine Mutter, die was macht?", fragt Georges Vater und beginnt, seinem Sohn einen runterzuholen, der daraufhin zusammenzuckt.

„Das nicht", sagt George. „Du solltest dir vorher die Finger lecken."

Einer von Georges Bandkollegen ist ein benebelter, angehimmelter Gitarrist, der immer noch verblüffende Töne herauszupft, aber sie sind mittlerweile seltsam. George glaubt, dass er in etwa wie sein Bandkollege Gitarre spielen würde, wenn sein Bandkollege ein Säufer wäre. Er ist ein mageres 16-jähriges Wunderkind aus Brixton, das Gin trinkt und toten Gitarristen dabei zusieht, wie sie mit alten akustischen Instrumenten in irgendeiner Fernsehsendung den Blues spielen.

Der Sinn jeder vergangenen Ära für Proportion und antiquierte Technik törnt junge Leute ab, aber für Radikale wie George ist sie besonders abschreckend. Zwischen der unbedeutenden Reichweite der toten Gitarristen und dem überholten, zerkratzten Filmmaterial könnten sie genauso gut mit geladenen Gewehren hantieren, mit denen sie sich nur selbst verletzen würden. So klingt die Traurigkeit anderer Leute für George, falls es ihn überhaupt kümmert.

Die Schöpfer des Blues könnten Delphine sein, die experimentelleren Künstlern ihre primitive Unzufriedenheit signalisieren. Die Tatsache, dass selbst innovative Kunst mit der Zeit verbindlich wird, ist eine Katastrophe, die bahnbrechende junge Musiker mit Alkoholproblemen aus guten Gründen wissen lässt, dass sie keine Götter mit riesigen Verstärkern sein können, trotz der Glückseligkeit, die sie beseelt, wenn sie es angestrengt versuchen.

George spielt zusammen mit den Geistern des Fernsehers seine nicht an den Verstärker angeschlossene Strat und hofft, dass sein Bandkollege die Band nicht verlassen hat, obwohl es seit kurzem die Hölle ist, mit ihm zusammen zu sein. Er und andere Mitglieder hatten sich schon lange im Hintergrund gegenseitig angeschrien. Das klang in letzter Zeit normal, aber nicht die Stille, die seitdem nicht mehr aufhören will. Georges Gedanken sagen: „Wenn mein Bandkollege aufhört, bin ich tot."

Georges Bandkollege gesellt sich zu ihm auf die Couch und sitzt unnatürlich nahe bei ihm. Er hat sich bis jetzt noch nie danach gesehnt, ganz nah bei George zu sein, und es ist irritierend, gegen jemanden gepresst zu werden, den er nur auf der Bühne umarmt, als Zurschaustellung, und seine geweiteten Augen sind feucht, weil er die Band verlassen hat. Er weiß, dass er sich verabschieden muss, aber zuerst versucht er fernzusehen.

George ist nicht mutig genug, um der Leader der Band zu sein oder die Noten allein zu spielen, ohne ihre Aussichten zu schmälern. Wenn sich die Band auflöst, wird es eben zwei Opfer geben statt einem. Ihre Fans sind ohnehin nicht klug genug, um ihre Genialität zu verstehen, würde also Georges mangelnder Wagemut überhaupt so anders klingen? So oder so, George würde es wissen. Ist das ein Problem?

Georges Bandkollege hat in beschissenen lokalen Bands Gitarre gespielt, als ob sie von Bedeutung wären. Der Leader einer von Kritikern beweihräucherten Band, die Electric Blues spielte, beobachtete ihn dabei, wie er die Saiten unpassend verbog, und gab ihm einen Platz in ihren höheren Rängen. Georges Bandkollege trat mit dieser Band auf und spielte auf Alben mit, bis sich ihre Orthodoxie zu vertrottelt und klaustrophobisch anzufühlen begann.

Er gründete seine eigene Band, die den Blues als Grundlage und nicht als Kriterium verwendete. Er stieß auf einen 15-jährigen George, der wüst mit einer lokalen Band spielte, und stellte den Jungen als Neuzugang ein. Ihre komplizierte

Schroffheit berauschte die Kritiker, die die Öffentlichkeit dazuholten, die nichts verstand, jedoch log, um George, der allenfalls wie ein 13-Jähriger aussah, zu begaffen.

Aber Georges Bandkollege wollte die Art und Weise, wie der Klang durch die Gitarren pfeift, neu verdrahten, wozu es seiner Meinung nach psychedelische Drogen brauchte. George musste etwas in sich zerstören, was kein anderer verstehen konnte, um überhaupt spielen zu können, und Alkohol half dabei. Ihre Probleme funktionierten in künstlerischer Hinsicht, aber Georges Bandkollege wurde verrückt, und Georges Spiel geriet ins Stocken, und jetzt ist alles im Arsch und vorbei.

Georges Bandkollege beobachtet ihn dabei, wie er die Töne übertreibt, die die Legenden in der Vergangenheit so leichthin spielen. Er weiß nicht, ob er zu benebelt ist, um den Unterschied noch zu erkennen, aber selbst auf einer gedämpften Strat hat Georges Ton etwas Kaltes an sich, das zum Beispiel die Legenden nur wie Hysterie in ihre Musik einfließen lassen. Das deprimiert Georges Bandkollegen so sehr, dass er der Band wieder beitreten will, es aber nicht tut.

Er versucht, Georges Kopf zu streicheln, in der Hoffnung, dass er mit Hilfe psychedelischer Drogen irgendwie spürt, was schief läuft in einem Gehirn, so jung und doch status quo. Das kann er nicht, und George verkrampft sich bei der Berührung, was sein Spiel verschlimmert, so dass er aufhört und stattdessen trinkt. Also leiht sich Georges Bandkollege die Gitarre und spielt die Licks.

George trinkt. Noch vor sechs Wochen hätte er etwas gelernt oder gedacht, dass er es hätte, vom Studieren der ungewöhnlichen Fingersätze und riskanten Entscheidungen seiner Bandkollegen. Er hätte vielleicht die Gitarre genommen und versucht, ihn zu übertreffen, und ihre Band hätte ihren Höhepunkt erreicht. Dieser Unterschied gibt ihm den Rest, also schnappt er sich das Instrument und wirft es gegen den Fernseher, aber nichts geht zu Bruch.

Das war's also, die Band ist Geschichte, selbst falls, wenn Georges Bandkollege in Zukunft ohne George spielt – falls er sich, wohlgemerkt, nicht mit Drogen in einen Zustand bringt, in dem Musik zu idiotisch klingt –, es die Unzulänglichkeiten seines jungen Freundes aufdecken und dermaßen seine riskanten Noten von dem Zusammenhalt, den Georges Spiel ihnen verlieh, lösen könnte, dass er am Ende nur noch obskuren Mist runternudelt.

***

„Warum hast du das getan?", fragt Georges Bandkollege. Er ist auf den Beinen und holt die Strat von der Stelle, wo sie auf den Boden traf. Jetzt setzt er sich wieder hin, während er bereits darauf spielt.

„Weil du hingeschmissen hast", sagt George.

„Du bist nicht bei dir", sagt Georges Bandkollege. Er versucht, seine Schuldgefühle zu einem interstellaren Kommentar zu verbiegen.

„Ist es das?", fragt George.

„Ich weiß, dass ich wie ein bellender Hund klingen werde, aber ich liebe dich", sagt Georges Bandkollege.

„Dann schmeiß nicht hin", sagt George so deutlich, dass er weiß, er meint es wirklich ernst.

„Glaubst du immer noch daran, den Sound neu zu erfinden?", fragt Georges Bandkollege. Inzwischen ist sein Solo zu einer Kette von Geräuschen geworden.

„Manchmal", sagt George.

„Woran denkst du, wenn du das glaubst?", fragt Georges Bandkollege.

„Normalerweise an dich", sagt George.

„An mich, der was macht?", sagt Georges Bandkollege. Mittlerweile spielt er Noten, die nicht zusammengehen und überhaupt keinen Sinn ergeben.

„Nicht das", sagt George und dämpft das Griffbrett mit seiner Hand ab. „Nicht diese verrückte, verfickt klingende Scheiße, bei der ich mich so verloren fühle."

***

Mit wem auch immer George chattet, er tippt oder denkt so geräuschvoll wie er selbst. Man ahnt, sie sind im Teenageralter oder Anfang 20 – zwei bedürftige Verlierer oder ironische Aufschneider, die, um so kompliziert zu klingen, wie sie wirklich sind, Satzzeichen und Buchstaben auf ihren Tastaturen wie kleine Schaufeln benutzen, als ob die englische Sprache ein Haufen Dreck wäre.

Jeder Chatroom einer Website fischt einsame Menschen, die ihre Stimmungen zu Emoticons umarbeiten und ihre Sätze vollstopfen, aber die Website, die George frequentiert, ist für Verrückte. Für Besucher mag es so aussehen, als ob ein Haufen von Selbstmördern eine kollektive, selbstverschuldete Schießerei transkribiert, bei der die Tippfehler verirrte Schrapnell-Splitter sind, aber für sie ist es mehr wie Fingermalerei.

George ist wie ein Delphin, der, von unterhalb der unsteten Oberfläche der Artikulation aus, Menschen Signale sendet. Die Regeln des Schriftsatzes haben eine Form von theatralischer Bequemlichkeit, die zurückgeht auf die Zeit, als das Internet jedes Wort, das im Laufe der Zeit ausgehöhlt oder misshandelt wurde, in einen juwelenartigen, flehenden Lärm entlassen hat, der George hilft, in der Öffentlichkeit zu plappern und weinen, ohne seine Fassung zu verlieren.

Er lässt seine innere Unruhe herausschwappen, während er versucht herauszufinden, ob irgendwelche andere herumfummelnden Chatter seinetwegen verärgert sind, und er hat vielleicht einen ausgemacht. Es gibt in der Tirade des Typen nur eine Spur davon, begriffen zu haben – Dellen oder Beulen oder vielleicht sogar Wunden, so co-abhängig wie das rufende und antwortende Blöken, das die Saxophonisten auf den Jazz-Platten, die sein Vater unaufhörlich spielte, austauschten.

Wenn alle Chatter, George eingeschlossen, nur Segmente in einer Art Stenotypisten-Chor wären, von denen jeder einen unverwechselbaren tonalen Bruchteil einer harschen Partitur vorträgt, dann ... Das kann man sich zu schwer als wahr vorstellen, daher ... vielleicht, wenn ihre aufgeheizten Streifzüge nur sprachliche Schnipsel sind, die von einer in die Website eingebetteten discokugel-ähnlichen Anwendung nach außen abgegeben werden, was möglicherweise der Fall sein könnte, dann ...

Wenn der Müll in ihren Stimmen weggekratzt werden könnte, sind sie vielleicht intelligent oder zeichnen weniger dumme Bilder oder sind hübscher oder irgendetwas Großartiges, das einige rachsüchtige, unbedeutendere Sterbliche so in eine Abschottung hineingehänselt oder -kritisiert haben, dass sie nur noch wahrhaftig sind, wenn sie mit einem Zeichensatz-Vorrat an Adverbialen als Waffe gegenseitig um Aufmerksamkeit kämpfen.

Wenn sie nicht online sind, werfen sie vielleicht Schatten an die Wände von Colleges oder Highschools. Vielleicht sind sie Goths oder Emos, welche die Hölle des Lebens zu einem täglichen Halloween aufgemotzt haben. Vielleicht hat ihr Trendsettertum die Gemeinheit der Menschen auf ein Problem aufeinanderprallender Modegeschmäcker reduziert, was weniger weh tut, es ihnen aber extrem schwermacht, enge Freundschaften zu schließen.

Vielleicht schreiben sie Gedichte über ihre Gefühle und lesen sie sich gegenseitig vor, während sie sich vorstellen, dass ihre Zuhörer Attachés oder Scouts von, was Texte betrifft, beeinträchtigten, aber ansonsten tollen Bands sind. Vielleicht hört ihnen niemand wirklich zu, sie warten nur, bis sie mit dem Lesen an der Reihe sind, und vice versa, so dass sie nicht wissen, warum sie sich wohl und doch elendig einsam fühlen, wenn sie zusammen sind.

Vielleicht wurden sie eines Tages mutig genug, ihre Gedichte auf Websites zu veröffentlichen, die für trübselige, unerfahrene Künstler und Bewunderer inkompetenter, kathartischer Kunst reserviert wurden. Vielleicht wurden sie selbstbewusst genug, um nicht mehr so zu tun, als seien ihre Kritzeleien Poesie anstatt selbstmörderisches Gekritzel, das sie vielleicht aus Angst zurückgezogen und in Stücke gerissen hätten, wäre das Internet nicht ein viel lohnenderer Mülleimer.

Vielleicht hat sie ein- oder zweimal jemand geliebt oder gesagt, dass sie es tun, was sie genauso wenig glaubten, wie Schauspieler den Fans, die jene nur dann kennen, wenn die ihre Gefühle imitieren, die Liebe abkaufen. Die Liebe ist also verloren gegangen, und jetzt, wo sie so verdammt sind oder sich wünschen, sie wären es, wissen sie, dass die gegenseitige Abhängigkeit ausreichen muss, und sie versuchen gerade, jemanden abhängig zu machen.

Irgendwann deutet Georges Chat-Partner an, dass es sicher wäre, ihre jeweiligen Webcams einzuschalten und ihre voneinander getrennten Cockpits zu beleuchten, und George, der darauf spekuliert, dass die Wechselwirkungen in ihrem Hin- und Her-Geschimpfe das Gesicht seines Chat-Kollegen zu einem verhexenden Spiegelbild machen werden, tippt inmitten eines Wortgefechts über sein nicht gerade magisches Aussehen das Okay.

George ist erschrocken, dass sein Chat-Partner ein kleiner Junge ist, vielleicht höchstens 12 Jahre alt. Er sitzt in einem hell erleuchteten Zimmer mit Postern von irgendwelchen Sportlern an den Wänden, und er wirkt seltsam amüsiert darüber, dass George alt genug ist, um sein Vater zu sein, und weit genug von ihm entfernt wohnt, sodass es dort, einer Wanduhr im Hintergrund nach zu urteilen, mitten in der Nacht ist.

„Mein Englisch ... Du weißt schon, dass es sehr schlecht ist", sagt der Junge mit einem schweren und dunklen Akzent. Er lehnt sich in seinen Desktop, um George zu mustern, der einige blaue Flecken in seinem Gesicht sieht.

„Ich dachte, du tust nur so, so wie ich", sagt George.

„Nein", sagt der Junge. „Ich bemühe mich sehr hart zu schreiben."

„Also, ... warum bist du so zugerichtet?", fragt George.

„Weil mein Vater meine Mutter getötet hat", sagt der Junge. Er lehnt sich zurück, schaut weg und beginnt zu weinen. „Und ... jetzt vergewaltigt er mich manchmal."

„Ich wünschte, ich könnte etwas tun, um zu helfen", sagt George. „Aber wie es aussieht, wohnst du sehr weit weg."

Der Junge wirft George einen vorsichtigen Blick zu. „Warum bist du traurig?", fragt er.

„Weil ... Gott, so viele Gründe", sagt George. „Ich bin schon mein ganzes Leben lang bipolar, und jetzt ist es noch schlimmer geworden, und sie sagen, ich bin psychotisch."

„Ich will mich umbringen", sagt der Junge.

„Das solltest du nicht", sagt George. Er murmelt ganz leise „Scheiße", verkrampft sich und bewegt seinen Cursor an die

Stelle, an der er die Anwendung mit einem Tippen schließen kann. „Du wirst jemanden verletzen. Andere zu verletzen, ist der einzige Grund, warum ich es nicht tue."

„Nein, nur mich", sagt der Junge. „Niemanden kümmert es. Ich –"

„Sieh mal", sagt George, „wenn du mir das gesagt hättest, als wir gechattet haben, hätte ich vielleicht gedacht, was soll's, ich kenne den Kerl nicht, vielleicht lügt er, aber ... du bist ein kleines Kind, und ... ich kann nicht zulassen, dass du mir wehtust."

„Ich werde dir nicht wehtun", sagt der Junge. Er fasst sich ans Gesicht und schluchzt und fängt an, Dinge in einer anderen Sprache zu schreien, und es ist so erschreckend, dass George erreicht, dass sich ein kleines Kind, das er kaum kennt, so schrecklich fühlt.

Georges Highschool-Freund ist immer noch sein bester, obwohl sie seit Jahren nicht mehr miteinander gesprochen haben und die halbe Welt voneinander entfernt leben. George hatte geplant, von zu Hause wegzuziehen, hat es aber nie getan, nicht mal fast. Er meint, er würde in Frankreich leben, wenn es ein geniales Medikament gäbe. Er ist ein 30-jähriger gescheiterter Musiker mit einer schweren bipolaren Erkrankung, der eine geladene Waffe hält und spät nachts Nick Drake hört.

Jeder, der Drake liebt, denkt, dass sie das, was seine frühen Platten so traurig klingen und dann so düster werden ließ, mit ihm teilen, aber George tut das in höchstem Maße. Vielleicht würde er, wenn er seinen Schmerz künstlerisch entfesselt hätte, anders denken, aber im Moment ist es so, als ob Drakes Texte seine Gedanken sind, nachdem sie von jemandem verlegt und orchestriert wurden, der genau wie er ist, nur wichtiger.

Nick Drakes Lieder sind wie eine Meute von Delphinen, die George und anderen introvertierten Chaoten seine Einsamkeit zusammenhanglos signalisieren. Die Beziehung zwischen selbstmordgefährdeten Künstlern und ihren selbstmordgefährdeten Zuhörern, die Typen wie Drake und George schon immer geheilt oder getötet hat, ist sehr eng. Wenn jeder, den du kennst, entweder sehr weit weg von dir ist oder sich versteckt, findest du einen Toten, den du liebst.

George hält die Pistole wie ein Telefon in der Hand und wünscht sich, dass sein alter Freund ihn irgendwie erreicht. Sein Freund hat ihm eine Zeit lang Briefe geschrieben, aber George hat ihm nie zurückgeschrieben, nicht einmal, als er umgezogen ist und eine neue Adresse bekommen hat, und jetzt ist er so oft umgezogen, dass die Briefe nicht einmal durch Zauberei an ihn weitergeleitet werden könnten, und Georges Telefon ist nur eine Pistole.

Einem Artikel zufolge wurde Nick Drake so traurig, dass er bei seinen Eltern einziehen musste. Jeden Tag verließ er sein Zuhause und ging zu einem verlassenen Haus, wo sich ortsansässige Junkies täglich trafen, um sich einen Schuss zu setzen und dann zu sterben oder auch nicht. Er wollte weder ihre Drogen nehmen noch mit irgendjemandem reden, und keiner von ihnen wusste, warum er kam oder blieb oder wer er war, oder tat so, als würde er sich dafür interessieren.

Vielleicht bewunderte er ihre Liebe zum Beinah-Tod. Vielleicht studierte er die schmerzlosen Dinge, die sie sagten, als sie fast tot waren. Vielleicht sprachen sie für ihn, so wie seine Musik für George. Vielleicht genossen sie die Gesellschaft oder bemitleideten ihn und dachten: „Wenigstens haben wir diese Droge, und stell dir vor, wir hätten sie nicht." Dann ging er immer, und sie sagten: „Der Typ ist komisch", egal, was sie empfanden.

Jahre später erfuhr ein Journalist, wo Nick Drake gestorben war, und traf irgendwie einen dieser Junkies, der Drakes Foto erkannte. Er sagte, Drake sei monatelang gekommen und gegangen. Er durfte nur bleiben, weil eines der Junkie-Mädchen ihn gutaussehend fand. Beim letzten Mal fing er, kurz bevor er ging, an zu weinen, und als sie hörten und hinsahen, sagte er: „Ihr kennt mich doch. Sagt mir, was mit mir los ist."

Als Georges bester Freund 15 war, lernten sie sich kennen. George verliebte sich so schnell, dass seine Eltern dachten, es sei was Schwules. Das war es nicht, obwohl George das wollte, aber er war 12. Für ihn fühlte es sich an, als wäre er ein Zaubertrick. Er schlich herum und log über seinen Aufenthaltsort, damit sie allein sein und reden konnten. Seine anderen Freunde fanden das seltsam, aber niemand verstand, warum George irgendetwas tat.

Schon als Kind war George zu lange verärgert und benahm sich zu aufgedreht wegen Freunden und Dingen, die er mochte, aber er war niedlich, so dass die Schwankungen für alle meist lustig waren, bis es schlimmer mit ihm wurde. Mit 14 hielt er entweder nicht die Klappe oder starrte seine Freunde an, als wären sie Wände, und fast alle, die er kannte, hatten sich dazu entschlossen, sich in ihn verknallt zu haben, worüber sie nun hinweg waren.

Mit 15 blieb George wochenlang im Bett. Sein bester Freund saß manchmal bei ihm, und das war hart, aber wenigstens waren sie allein, wie George es sich gewünscht hatte. Sogar seine Eltern, die versucht hatten, Georges Freund zu vertreiben, sagten: „Nur zu". Bis in seine späten Teenagerjahre hinein entdeckte George manchmal eine Droge oder einen Glauben oder eine Freundin, und er sagte zu seinem Freund: „Ich muss mich selbst lieben oder Gott oder sie oder irgendjemanden außer dir."

Mit 18 fand er ein beinahe geniales Medikament, aber die Nebenwirkungen machten ihn so geil, dass die Liebe ein Ableger seiner Genitalien wurde. Seine Probleme wurden so simpel wie die Kluft zwischen seinem Körper und dem seines Freundes. Sie fingen an zu ficken, was ihre Liebe endlich ableitbar werden und von außen völlig normal aussehen ließ. Doch dann hörte die Pille auf zu wirken und riss George wieder in zwei Hälften.

Eines Tages sagte sein bester Freund: „Wenn ich dir bis jetzt nichts gebracht habe, werde ich es auch nicht in Zukunft." Er beschloss, dass es ihm freistand, durch die Welt zu ziehen und ein Künstler zu werden. George versuchte, ein Künstler zu sein, war aber zu kaputt, um seinem Schmerz eine Oberfläche zu geben. Er fand eine Freundin, die seinen Wahnsinn mit der Zeit satt hatte. Als sie mit ihm Schluss machte, bedrohte er sie und wurde verhaftet. Er willigte ein, zu seinen Eltern zu ziehen, um einen Prozess zu vermeiden. Das Telefon klingelt.

„Warum hast du mich geliebt?", fragt George denjenigen, der ihn anruft.

„Weil du mich so sehr liebst", sagt die Stimme.

„Aber das tue ich nicht", sagt George. „Wenn es so wäre, würde ich nicht tun, was ich vorhabe zu tun."

„Ich schwöre bei Gott, dass du es tust", sagt die Stimme.

„Und was war, als ich manisch war?", fragt George.

„Ich habe so getan, als würdest du mir stehende Ovationen geben", sagt die Stimme.

„Und als ich katatonisch war?", fragt George.

„Habe ich dich angeschaut und mir was ausgemalt", sagt die Stimme.

„Es tut mir leid, dass ich nie ...", beginnt George in das Telefon zu sagen, oder besser gesagt, zum Telefon, denn es ist niemand da, und eigentlich auch nicht zum Telefon, denn was er sich an den Kopf hält, ist nur die Pistole. Er beendet den Satz nie, denn es tut ihm nicht leid.

„Was ist das für eine Musik im Hintergrund?", fragt die Stimme. „Sie ist wunderschön."

„Wenn du mich liebst, legst du jetzt auf", sagt George. Er glaubt, der Anrufer würde dann auflegen. Er lässt dies geschehen, obwohl es weh tut. Er weiß, dass es echt ist, denn er hört das Klicken.

DHIEEJ

Als ich 17 Jahre alt war, wollte ich einen Roman schreiben, der das Buch *Das Herz ist ein einsamer Jäger* irgendwie aufpeppen und individualisieren sollte. Nicht das Buch von Carson McCullers, das ich vielleicht in der Junior High School ohne Wirkung gelesen hatte, sondern die weniger bekannte Verfilmung. Die Hauptrolle spielte Alan Arkin und sie wurde wahrscheinlich in den späten 1960er Jahren veröffentlicht, aber ich habe beschlossen, nicht nachzuprüfen, was ich schreibe, denn der Film ist weniger das Gerüst meiner Gedanken als vielmehr ihr Anstoß. Auf jeden Fall muss der Film ein Flop gewesen sein, denn als ich endlich das Zeug dazu hatte, eventuell meine Version zu schreiben, hatte niemand, den ich kannte, auch nur davon gehört.

Ich war damals Mitte 20, und die Details des Films waren ausradiert, oder zumindest größtenteils, wie vorläufige Bleistiftstriche oder Suggestionskräfte, deren einziger Zweck es war, eine Offenbarung, die ich beim Ansehen des Films erlebt hatte, in Gang zu bringen. Ich weine selten, auch nicht, wenn ich allein bin, aber ich tat es, und zwar mit einem ungewöhnlichen Mangel an Selbstbeherrschung, indem ich mitten unter den anderen, weniger vereinnahmten Besuchern des Films heulte. Ich weinte ab und an noch tagelang danach, denn, soweit ich mich erinnern kann, schien mir Alan Arkins Figur eine Art Destillation dessen zu sein, was mit mir zutiefst nicht in Ordnung war.

Meiner rücksichtslosen Erinnerung nach stimmte mit Arkins Figur, an deren „Namen" ich mich nicht mehr erinnern kann, irgendetwas physisch nicht, und ich habe beschlossen, dass sie genauso gut meinen Namen, der Dennis lautet, gehabt haben könnte. Vielleicht war Dennis blind oder taub. Das sind meine Vermutungen. Aber er war sehr gutmütig und großzügig, oder er war so von Natur aus gutmütig und großzügig geworden, weil er hoffte, dass eine ungezügelte Selbstlosigkeit, die seine Schwächen zur Nebensache werden ließ, die Menschen zu jemandem hinzog, der so rundum nutzlos war wie er.

Wegen dieser Beeinträchtigung kam Dennis nicht viel raus, denke ich mir. Aber die Menschen in seiner Nachbarschaft klingelten bei ihm, wann immer sie sich traurig oder fragwürdig fühlten. Er hörte aufmerksam zu, also war er wohl nicht taub, und er sagte darauf erwidernd freundliche, unterstützende, weise klingende Dinge, was ihnen zu helfen schien. Er war zwar kein glücklicher Mensch, aber wenn er Menschen half, hatte er das Gefühl, mehr zu sein als ein beeinträchtigter Mensch, der den Anstoß anderer benötigte, um überhaupt zu leben, und der keinen Wert für die Welt darstellte, außer dass er nicht beeinträchtigte Menschen dazu brachte, ihre Glückssterne zu zählen.

Manchmal machten diese Besucher eine hinreichend lange Pause, fragten, wie es Dennis gehe, und er sagte ihnen so kurz wie möglich, dass es ihm gut ginge, weil er wusste, dass es sie nicht wirklich interessierte oder dass sie sich nur schnell vergewissern wollten, dass es ihm gut genug ging, um immer dort zu sein, wo sie sich auf ihn verlassen konnten, so dass ihr Interesse in gewisser Weise eine geheime Art war, sich zu vergewissern, dass es ihm nicht gut ging, weil sie ihm das Schlimmste wünschten oder das Schlimmste wünschten, das ihn nicht umbringen würde.

Trotz seiner Beteuerungen war er sehr einsam, um die Wahrheit zu sagen, das heißt, wenn er allein war, was meistens der Fall war. Nachdem jemand, dem er gerade geholfen hatte, die Tür hinter sich geschlossen hatte, blieb er angepflanzt auf dem Stuhl oder dem Bett, wo er zugehört hatte, sitzen und fühlte sich entleert und enttäuscht und ... nicht wirklich ungeliebt, denn er glaubte, dass die Menschen seine Freundlichkeit liebten oder, besser gesagt, sich auf seine Freundlichkeit verließen, was nicht ganz Liebe war.

Niemand stellte sich vor, was er tat, wenn sie nicht bei ihm waren – zum Beispiel, dass er stundenlang herumsaß oder herumlag und zu glauben versuchte, dass jemand, dem er geholfen hatte, ihn vielleicht liebe und nicht nur seine maßlose Aufmerksamkeit braucht, ohne sich darum zu kümmern, woher sie kam oder wer sie zur Verfügung gestellt hatte. Jeder nahm in oberflächlicher, aber logischer Weise an, dass jemand, der so selbstlos ist, nicht daran interessiert sei, geliebt zu werden. Tatsächlich kam der Gedanke an Liebe gar nicht erst auf, wenn sie an ihn dachten. Sie dachten nur: „Er ist so nett."

Eine dieser Beichtenden war eine Frau, jünger als Dennis. Sie war schön, zumindest meinte er das, also war er wohl nicht blind. Außerdem schien sie seine Freundlichkeit mehr zu brauchen als die anderen. Sie besuchte ihn oft, und wenn sie ihn fragte, wie es ihm ging, schienen die Fragen aufrichtig zu sein, obwohl er wusste, dass die Heftigkeit, mit der er sich zu ihrer Schönheit hingezogen fühlte, die Fragen vielleicht aufrichtig erscheinen ließ, obwohl sie einfach nur eher höflich oder von Schuldgefühlen verursacht waren.

Er verliebte sich in sie. Es war so dumm. Diese Liebe quälte und beschämte ihn, da er wusste, dass er unwürdig war, aber er versuchte, sich einzureden, dass sie ihn so oft besuchte, weil sie sich um ihn sorgte oder ihn sogar liebte oder ihn zumindest vermisst hatte. Er wusste, dass diese Theorie keinen Sinn ergab, dass ihre Verbundenheit eine Formsache war und dass sie sich niemals in jemanden verlieben würde, dessen Körper scheiße war, aber er wollte so sehr, dass sie ihn liebt, und er war sich im Klaren darüber, dass Liebe, zumindest in den von der Kirche usw. vorgebrachten Theorien, extrem flexibel sein sollte.

Manchmal dachte er, Sie würde mich nicht so freundlich und großzügig und aufopfernd sein lassen, wenn sie mich nicht lieben würde. Er dachte: Sie muss doch wissen, dass ich nicht so liebevoll und hingebungsvoll zu ihr sein würde, wenn ich nicht verliebt wäre. Er dachte, Sie würde nicht zulassen, dass ich so offensichtlich in sie verliebt bin, wenn sie nicht in irgendeiner Weise in mich verliebt wäre. Er dachte, Wenn sie mich nicht lieben würde, würde sie mir sagen, dass ich aufhören soll, all diese Dinge für sie zu tun, weil sie sich unwohl fühlen würde, auf Grund der Tatsache, dass sie nichts als ihre Anwesenheit zurückgibt.

Er liebte sie so außerordentlich. Wenn sie etwas brauchte, egal wie nebensächlich oder trivial es war, verbrachte er Tage am Telefon oder kämpfte sich mit großer Mühe durch die Straßen und örtlichen Geschäfte, auf der Suche nach jemandem, der ihm helfen konnte, ihr zu geben, was sie brauchte. Wenn sie Geld brauchte, log er sie an und behauptete, er hätte viel Geld und verschuldete sich, um ihr alles geben zu können, was jemand einem anderen Menschen nur geben kann.

Er fing an, ihre Dankbarkeit fast für Liebe zu halten, denn inzwischen hatte er sich praktisch zu nichts anderem als einer Quelle der Großzügigkeit verwandelt, die nur zufällig so unangenehm aussah wie er. Er wusste, dass der einzige Weg, sie wissen zu lassen, dass er sie liebte, darin bestand, zu geben und zu geben, im Idealfall großartigere Dinge, als jeder andere ihr geben konnte, und er akzeptierte, dass der einzige Weg, von ihr geliebt zu werden, darin bestand, dass sie ihm dankte, im Idealfall herzlicher als sie jedem anderen dankte.

Später im Film ist dann etwas schiefgelaufen. Ich weiß nicht mehr, was es war. Vielleicht kam sie eines Tages vorbei und sagte, dass etwas, bei dem er ihr geholfen hatte, es ihr ermöglicht hatte, dorthin zu ziehen, wo sie glücklicher sein würde. Das klingt richtig. Auf jeden Fall wurde ihm klar, dass sie immer nur wollte, dass er ihr half, Punkt, und jetzt, wo sie glücklich war, brauchte sie ihn nicht mehr, und dass sie ihn eigentlich nie geliebt hatte. Wenn, dann hatte sie nur geliebt, wie sehr er sie liebte. Oder sie hatte nur die Ergebnisse dieser Liebe geliebt. Oder gar nicht geliebt. Sich glücklich gefühlt.

Dennis erkannte, dass er, angesichts dessen, was ihm zur Verfügung stand, durch ihre Verlockung der beste Mensch geworden war, den man aus seinem Rohstoff formen konnte, der wertvollste, der am wenigsten sinnlose, und dass er, selbst in diesem höchsten Zustand, selbst nachdem er ihr das gegeben hatte, was sie oder sonst wer auf der Welt am meisten wollte, nämlich glücklich sein, und nachdem er alles, was er materiell und anderweitig besaß, ihr geopfert und seine Gefühle auf den Müll geworfen hatte, um das zu erreichen, nicht geliebt wurde.

Er dachte nicht, Vielleicht, wenn ich einen Roman schreibe, der ihr in einer erhabeneren Form sagt, was ich fühle, und wenn er großartig genug ist ... Er war kein Schriftsteller. Er hatte keine Romane geschrieben, die den Leuten gefielen und deren Gabe in dieser einen Hinsicht seinen einzigen Bonus auf der Welt darstellte. Er konnte nicht denken, Wenn ich ihr dieses letzte, wertvollste Stück meiner selbst widme, und wenn ich die Regeln, die den Roman behindern, in Stücke reiße und den erstaunlichsten aller Zeiten schreibe, dann wird das ein so unverschämter Akt der Liebe sein, dass sie mich lieben muss. Im Gegensatz zu mir hatte er keine törichten Hoffnungen in Bezug auf sich selbst, den Wert der Kunst und die Liebe.

Nach einigen Minuten der Diskussion hat Dennis sich umgebracht. Ich kann mich nicht mehr erinnern, wie. Vielleicht hat er sich in den Kopf geschossen, aber das wäre eine Vermutung. Wenn ich mich nicht genau daran erinnere, wie es passiert ist, würde ich natürlich darauf tippen. Es gab eine Art Beerdigung. Die Leute, denen er geholfen hatte, ließen sich blicken, einschließlich der Frau. Sie schienen traurig zu sein, aber nicht so traurig, dass man dachte, sein Tod würde ihr Leben wesentlich verändern. Er war wirklich nett gewesen, und das war schön, aber er war beeinträchtigt, also ergab der Selbstmord Sinn.

Ich habe mehrmals versucht, meine Version dieses deprimierenden Romans zu schreiben. Oder ich habe daran gedacht, es zu versuchen. Manchmal konnte ich keine hinreichend großartige Form finden, um ihn zu verwirklichen. Immer wusste oder spürte ich, dass ich, um so hart und qualvoll arbeiten zu können, wie es notwendig wäre, um dieses selbstkritische Werk zu schreiben, wie Dennis im Film sein müsste und es als eine Opfergabe für jemanden schreiben müsste, den ich so sehr liebte, dass ich diese schwierigste Sache, die ich je würde tun können, als einen Akt der Liebe für ihn tun würde.

Die meiste Zeit seines Lebens glaubte Dennis, dass die Person, die er am meisten geliebt hatte und immer über alle anderen lieben würde, George Miles war, ein Freund, für den er ungefähr in den 1990er Jahren einen Zyklus von fünf Romanen schrieb. Sie lernten sich kennen, als George 12 und er 15 war. George war der seltsamste, süßeste und schönste Junge, den Dennis je auf der Welt gesehen hatte, und zu seinem völligen Erstaunen liebte George ihn unverzüglich und heftig. Oder er zeigte jedes Anzeichen, das Dennis aus Büchern und Tagträumen als Liebe wiedererkannte.

Doch als George 14 Jahre alt wurde, wurde die Leidenschaft und Erregung, die Dennis in ihm weckte, von den Ärzten nicht als Liebe, sondern als eine Form von Manie diagnostiziert und bezeichnet. George war, so sagten sie, schwer bipolar, und es stimmt, dass etwas Unheimliches begonnen hatte, seine Liebe zu Dennis zu verzerren. Sie kam entweder in Form von Ausbrüchen, tagelangen Anfällen von fast gewalttätiger Zuneigung und Flirterei, oder sie wurde durch gleichgültige Blicke unterbrochen, die manchmal wochenlang keine Anzeichen zeigten.

Trotzdem dachten sie, es sei Liebe. Sie nannten es so. Sie kämpften sich durch jeden rasenden Tag und jeden betäubenden Tag, um zu beweisen, dass ihre Liebe nur eine schwer umkämpfte war. Georges Familie und Freunde, Ärzte und Psychiater taten alles, was sie konnten, um ihm klar zu machen, dass Dennis ein Auslöser, eine Droge, eine idée fixe war. Manchmal überzeugten sie ihn davon, dass die Beseitigung von Dennis der Schlüssel sei, und er schaute in der Schule weg, bis sich die Einsamkeit noch schlimmer anfühlte.

Dennis' Freunde versuchten damals alles, um ihm klarzumachen, dass er davon besessen war, George zu retten, und dass er das nicht konnte. Dass die Einbildung, d.h. die Liebe, zu ungezwungen sei, um mit der Wissenschaft oder der Biologie zu konkurrieren, sagten die Klügsten. Aber Dennis blieb dabei, und Jahre später, nicht allzu lange bevor George sich erschoss, zogen sie schließlich ihre schwersten Waffen gegen seine Krankheit und begannen zu ficken, und sie fickten und fickten, bis Georges letzte und schlimmste Depression die Oberhand gewann.

Letztes Jahr dachte Dennis, er sei gerüstet, sein *Herz ist ein einsamer Jäger* zu schreiben, natürlich für George. Er setzte sich an seinen Laptop und schrieb sieben Monate lang alles auf, woran er sich aus ihrer Freundschaft erinnerte, angefangen von der Nacht, in der sie sich kennengelernt hatten, bis zu dem Tag im Jahr 1997, als er erfuhr, dass George sich zehn Jahre zuvor ohne sein Wissen umgebracht hatte. Dennis erzählte alles, was sie getan und gesagt hatten, so ehrlich und schlicht, wie er es schreiben konnte, in der Hoffnung, dass sein Schmerz und sein Mangel an Chic sich als weitaus mehr lesen würden als diese selbst.

Obwohl der Versuch bewirkte, dass er so heftig und fortwährend weinte wie noch nie, und obwohl es ihn irrational denken, den Kopf zurückwerfen und den nichtexistenten George anschreien ließ, nicht viel anders als der Schauspieler im Rimbaud-Biopic, der Gott so dümmlich anschreit, während er Rimbauds Gedichte kritzelt, war das, was er schrieb, einfach nur kathartischer Mist, und als er es hinterher durchlas, stellte er nur fest, dass alle außer George und ihm Recht hatten.

Vielleicht gefiel es George, wie sehr Dennis ihn für erstaunlich hielt und nicht nur für zu durchgeknallt. Als er offiziell bipolar wurde und Dennis anfing zu kämpfen, um den Kern dieses erstaunlichen kleinen Jungen, den er kennengelernt hatte, zu Tage zu fördern, wollte George glauben, dass dieses Kind irgendwo in ihm gefangen war, und er kämpfte auch, und er nannte den Kampf Liebe, weil Dennis es tat. Aber wenn George Dennis nicht liebte, und es gibt keinen Beweis dafür, dass er es tat, dann habe ich ihn wohl nie geliebt. Ich habe etwas anderes geliebt, aus dem das hier herausgerissen ist.

XMAS
(1970)

Der Weihnachtsmann tut fast alles, was er will, weil seine ganze Existenz die Unwahrheit ist. Er ist durch und durch nett, weil Güte in seinen Charakter eingebaut ist, und er ist am Arsch, weil Altruisten selbstzerstörerisch sind. In ihm manifestiert sich jeder Akt von Nettigkeit, den man einer erfundenen Figur verleihen kann, aber die Akte erscheinen uns leidenschaftslos und automatisiert, weil derjenige, der ihn erschaffen hat, entweder vergessen hat, ihm eine Motivation zu geben, oder weil er dachte, seine Grundannahme würde nur dann realistisch erscheinen, wenn sie aus dem Nichts heraus wirksam wird.

Trotz all seiner Großherzigkeit bestehen seine Kräfte nur de facto und sind im Privaten eine Last. Zum Beispiel könnte keine noch so große Selbstlosigkeit den endlosen Schnee und das Eis, die in seinen Vorposten von einem Leben hineinhämmern, zu einem befahrbaren Weg schmelzen, geschweige denn zu einem Es-lohnt-sich-wenn-man-erst-einmal-da-ist-Mount-Everest-artigen Ding. Diese Kraft wäre unwahrscheinlich. Seine Freundlichkeit macht ihn höchstens noch einsamer und weniger real. Er kennt eine Milliarde Menschen auf telepathische Weise, aber sie merken nicht, dass er sie belauscht. Er ist wie ein verstecktes Mikrofon. Sie halten alles, was er für sie tut, für körperlose Magie.

Er ist nur der Umstand, der dafür sorgt, dass alle einmal im Jahr etwas bekommen, was sie lieben. Er ist ihnen völlig gleichgültig, und sie fragen sich nicht, was er fühlt, wenn sie

Bilder von ihm sehen. Allein seine Schuld. Er ist vom Konzept her nichts weiter als furchtbar nett, sodass jeder Porträtist ihn seit Generationen in einem solchen Glanz darstellt, dass er automatisch die Gedanken ablenkt, und niemand auch nur versucht, die Freude, die er ausstrahlt, mit einer Analyse zu untergraben.

Für fast alle ist der Weihnachtsmann ein sich selbst erhaltender Langweiler von unermesslichem Nutzen, eine Art Maschine, die mit menschlichen Attributen gepolstert und verkleidet ist und die Leckereien verteilt, so blendend, und ohne damit etwas zu besagen, wie die Sonne. Er ist wie die Sonne, die sich für Halloween verkleidet hat: eher fett werdend als fett, unverschämt lustig, mit Kleidung in Stoppschildfarben und ohne jegliche sexuelle Anspielung. Niemand kümmert sich darum, ob er so glücklich ist, wie seine Gesichtszüge scheinen, oder ob er krank oder geisteskrank ist, solange er nur verlässlich ist. Er ist nicht einmal ein Er. Er ist ein Es.

Die Menschen glauben, der Weihnachtsmann ist so nett an sich, dass er nicht zwischen den Zielen seiner Freundlichkeit unterscheidet. Sie glauben, dass er ihre Milliarden von Wünschen einfach überfliegt und gezwungenermaßen beantwortet. Sie glauben, dass er nicht nur moralisch, sondern auch unmenschlich objektiv ist und dass sie für ihn traditionell gut oder schlecht sind und es daher verdienen, jedes Jahr belohnt zu werden oder nicht. Sie glauben, dass er von den allergewöhnlichsten Annahmen ausgeht. Sie glauben, dass sein Gehirn beinahe ein Computer ist und sein Herz wie eine christliche Kirche. Eigentlich denken sie nicht einmal das. Sie denken nur an Geschenke oder keine Geschenke.

Das ist ein Geheimnis, aber in Wirklichkeit bewertet der Weihnachtsmann sein Publikum und wählt seine Lieblinge aus. Wer auch immer ihn erschaffen hat, hat dieses Schlupfloch gelassen. Sein Verstand verliebt sich hoffnungslos in die Windungen bestimmter Gedanken, die er bei seltenen Gelegenheiten liest, so wie wir realen Menschen von traumhaften Körpern angetan sind, in denen zufällig jemand anderer steckt. Angesichts seiner Unglaubwürdigkeit und seines lächerlichen Aussehens weiß er, dass er niemals echte Liebe rechtfertigen wird, daher versucht er, Menschen ausfindig zu machen, deren Reaktion auf seine Nächstenliebe so wenig entschlüsselbar ist, dass er beim Erwidern sinngemäß „hä" denkt.

Da der Weihnachtsmann eine Art Genie ist, muss er jemanden lieben, der sehr kompliziert ist. Ja, seine Großzügigkeit ist eigentlich Liebe. Das ist kein Tippfehler oder Ausrutscher. Es ist Liebe ohne den Bombast der Erotik, oder zumindest ohne den Pep, der Sex zum Ultimatum der Liebe macht. Manchmal denkt er, das bedeute, dass seine Liebe wahr und rein sei, und manchmal masturbiert er wie jeder andere auch. Seine emotionale Unzulänglichkeit ist ein großes, tragisches Geheimnis, das offensichtlich wäre, wenn die Menschen die Quelle der Geschenke lieben würden. Oder wenn sie nicht denken würden, dass höflich zu fragen eine Form von Fürsorglichkeit ist.

Wenn der Weihnachtsmann fast alles tun kann, warum tut er es dann nicht? Warum fliegt er nicht ständig mit seinem Schlitten in die reale Welt? Warum gibt er seinen Lieblingen nicht die Gabe, nette alte Männer zu mögen, und schwatzt ihnen dann auf, sich mit ihm anzufreunden? Warum setzt er seine Superkraft nicht ein, um seine Lieblinge so zu manipulieren, dass sie den Weihnachtsmann lieben, und um sie dazu zu bringen, mitten ins eiskalte, trostlose Nirgendwo zu ziehen, um mit ihm zu leben? Weil das nicht nett wäre. Seine Freundlichkeit erscheint denjenigen, die davon profitieren, so absolut, aber sie ist eine heilige List, mit der er seine Einsamkeit verbirgt. Niemand denkt je daran, dort nach Schmerz zu suchen.

Eines Tages beschließt der Weihnachtsmann, um seine Depression zu vertreiben, dass er Künstler ist. Weil er sich um die Wünsche wohlhabender Leute kümmert, weiß er genug über zeitgenössische Kunst, um zu erahnen, dass es hinreichend subtextuell ist, um sich zu qualifizieren, wenn man aus den Wünschen der Leute Objekte zusammenschustert und dann die Leute aus dem inneren Kreis der Wünschenden dahingehend manipuliert, dass sie für die Objekte blechen und für seine Freundlichkeit die Anerkennung einheimsen. Er weiß genug über die Menschheit, um zu verstehen, dass für Künstler die Herstellung von Dingen, die sich millionenfach verkaufen, ein angemessener Ersatz für persönliche Liebe ist. Er würde wirklich, wirklich gerne so empfinden.

Die Kunst wertet die selbstzerstörerische Freundlichkeit des Weihnachtsmanns zu einer zusammenschweißenden Täuschung auf und lässt ihn sich noch mehr mit seinem Lieblingsmenschen verbunden fühlen, der wie er selbst ein Künstler ist. George ist der Name des Lieblingsmenschen. Er ist jetzt 14 Jahre alt, aber der Weihnachtsmann mag ihn, weil er sich für Weihnachten 1965 gewünscht hat, dem Mond riesige Micky-Maus-Ohren zu verpassen. George begann, sich selbst als Künstler zu bezeichnen, als er das Alter erreichte, in dem andere Leute mehr als nur den Namen und das Aussehen anderer als ID wollten, denn die einzige andere Option war ein depressiver Junge, der unbeholfen Gitarre spielt und den um sich zu haben stinklangweilig ist.

George gilt nach der eigennützigen Definition des Weihnachtsmanns als Künstler, weil die Dinge, die er sich wünscht, physische Unmöglichkeiten sind und seine Wünsche zu unangemessen sind, um als etwas anderes zu gelten als Kunst, die ... wie heißt das noch gleich ... konzeptionell ist. Sprich Dinge, die das sind, was sie eigentlich offerieren, aber wenn sie in einen Raum rekontextualisiert werden, der ohne sie bedeutungslos ist, zu Zutaten für die neu aktivierten Gedanken der Betrachter werden oder, in Georges Fall, solcher, die ihn nicht depressiv machen. Eine Pille, die Krebs heilt, käme zum Beispiel in Frage. Aber selbst wenn es sich um Kunst handelt, sind Georges Hoffnungen wie die Schornsteine, durch die sich der Weihnachtsmann nicht quetscht, sich angeblich aber quetschen kann.

George, der Künstler, zieht es also nie durch. Oder besser gesagt, er entwirft mit jedem Gedanken, den er hat, etwas zu Kunst Äquivalentes, aber die Dinge, denen Kunst traditionell innewohnt, sind einfach zu massiv, um sie huckepack zu nehmen. Seine Ideen bleiben Baustellen, die sich gerade mal auf einer Gitarre durchbringen, die er kaum spielen kann, oder in seinem Kopf überkochen. Diejenigen, die denken, dass Künstler irgendwas abliefern müssen, um sich zu qualifizieren, gehen davon aus, dass er nur ein Möchtegern ist, der häufig groß glotzt. Oder, und das ist der springende Punkt, wenn sie wie der Weihnachtsmann sind und ambivalent gegenüber dem gepriesenen Status des Objekts, ist George wie das Konzept von, Oh, Michelangelo, ohne die enttäuschenden, überholten Dinge, die er tatsächlich geschaffen hat.

In Georges Fantasien, mit einer Checkliste im Fäustling, einem sich erkenntlich zeigenden Dingsbums auf die Schliche zu kommen, ist das Belebendste, was der Weihnachtsmann je erlebt hat. George wünscht sich Dinge aus der realen Welt, die selbst das Talent des Weihnachtsmanns für Fertigungstechnik auf die Probe stellen. Oder besser gesagt, Dinge, für die sogar der Weihnachtsmann, der Zeus der Geschenke, nur die fehlerhaften Teile liefern kann. Das zwingt ihn dazu, sein Talent buchstäblich zu überdenken. George wünscht sich Dinge, bei denen die Montage der Dinge, die die Stärke des Weihnachtsmannes ist, eher so ist, als würde er den zukünftigen Dingen eine Menüauswahl aushändigen. George wünscht sich zum Beispiel eine Pistole, oder besser gesagt, seine Phantasie möchte seinen Händen eine Pistole zur Verfügung stellen, die dann konsequent seine weit hergeholten Forderungen erledigt.

Mit anderen Worten, George will eine Pistole, die seine Art, sie zu benutzen, manifestiert. Sie könnte entsichert und angelegt und auf seinen Kopf gerichtet werden, alles im Rahmen der Funktionen echter Waffen, aber sein Verstand würde seine Hand dazu bringen, die Wucht des Schusses so gnädig zu machen, wie nur er allein glaubt, dass sie sein würde. Was George vom Weihnachtsmann oder von irgendjemandem braucht, ist nicht nur eine Waffe, sondern dass die Welt zuschaut und denkt, Okay, das ist oberflächlich betrachtet beängstigend, aber, was noch wichtiger ist, ich frage mich, was er wollen wird, wenn er davon Gebrauch macht, nicht dass ich dabei sein und es herausfinden möchte. Häh.

Um George die gewünschte Waffe zu geben, müsste der Weihnachtsmann die Welt in seine Illustration verwandeln, so wie bei allem an *Pinocchio*, das ein Stück Holz in einen Jungen verwandelt und Kinder in der realen Welt dazu bringt, insgeheim ein Spielzeug für die Dauer des Buches für ein Universum zu halten. Es ist ein brillantes Vorhaben, aber da die Freundlichkeit des Weihnachtsmanns all-inclusive ist, kann er die Menschheit nicht einfach in einen Hintergrund verwandeln, aber er möchte es. Im Grunde bittet George darum, dass sein Körper zu einer Art nach innen gekehrtem oder umgestülpten Weihnachtsmann geformt wird, dessen

Altruismus sich jedoch ganz auf ihn selbst und nicht auf eine Milliarde Menschen konzentriert.

George ist der Weihnachtsmann ohne die Bereitschaft zum Kompromiss, ohne das Vertrauen in die Macht der Suggestion und ohne die Sehnsucht nach Anerkennung aus zweiter Hand durch ein Publikum. Dennoch würde der Weihnachtsmann die Hundejagden nach Geschenken rund um den Globus mit Begeisterung in eine verzückte, amoralische Massenszene verwandeln und sie sogar computeranimiert rendern, sie ficken und sich sogar selbst ein kleines Geschenk machen – Liebe, die von George – aber George liebt nur Dinge, die wie Dinge aussehen, die unrealisierbar sind, und der Weihnachtsmann hat das dumme und allzu oft artikulierte Imageproblem. Er ist nützlich, aber er ist nicht Georges Typ.

Der Weihnachtsmann erleidet Qualen. Was zum Teufel soll er tun? Als Weihnachten vor der Tür steht, unterwirft er sich widerwillig den Zwängen seiner Gepflogenheiten und sucht in Georges Freundes- und Familienkreis nach jemandem, der tolle Geschenkideen hat, die er oder sie so durchdacht hergeben würde, dass sie bei George ins Schwarze treffen. Jemand, der dem albernen Lahme-Weihnachtsmann-Werkstatt-Geschenke-Eindruck etwas übergebührlich Erstaunliches verleihen könnte. Jemand, der ihre Wirkung nicht dadurch beeinträchtigt, dass er sie als Währung benutzt, um von George etwas Ungehöriges zu kaufen, zum Beispiel Sex. Und seltsamerweise findet er jemanden.

Dennis, diesmal 17 Jahre alt, ist jemand, der dem Weihnachtsmann schon immer irgendwie aufgefallen ist und dem er immer helfen wollte, aber Nä, denn was Dennis immer wollte, fiel in die Gebiete, auf denen der Weihnachtsmann keine Hoheit und keine Raffinesse besitzt: Talent, Sex mit Teenager-Popstars, die Fähigkeit, jemanden zu töten, ohne dass dieser wirklich stirbt, usw. Er war wie George, aber auf eine sehr dunkle, für den Weihnachtsmann abstoßende Art. Irgendwann wurde Dennis automatisch zum Schriftsteller, und der Weihnachtsmann dachte, Okay, hoffentlich hilft ihm das Dichten, denn ich kann es nicht. Aber etwas hat sich verändert.

Dennis hat sich endlich unaufdringlich verliebt, in George und dank George. Seine Liebe scheint genau von der verrückten, entschiedenen, verblendeten Art zu sein, die George theoretisch miteinbeziehen könnte. Dennis liebt George fast zu sehr, als dass eine einzige Quelle der Liebe das ertragen könnte. Sogar seine Gedanken zu lesen, ist irgendwie igitt. Und wie Georges Kunst ist auch diese Liebe zu belastend und unrealistisch, um sich in den Liebesgedichten, die er stümperhaft für George verfasst, vollständig zu manifestieren, geschweige denn um in Georges Kopf verbucht zu werden, der anderweitig damit beschäftigt ist, vernichtende Beweise gegen sich selbst zu spinnen.

Aber George wittert in Dennis' Hartnäckigkeit Liebe und fühlt sich sogar ein Stück weit geliebt, genauso wie Dennis glaubt, dass er geliebt wird, wenn George ihn bleiben lässt. Dennis ist – zugegebenermaßen aus der beschränkten Perspektive des Weihnachtsmannes – die einzige noch in Georges Leben verbliebene Person, die verrückt genug ist, um ebenfalls zu glauben, dass das, was hinter seinen starren Augen steckt und in seinem einsilbigen Willen gebündelt ist, George irgendwann, falls er sich nicht vorher umbringen kann, zu einer Art Kreuzung zwischen dem Andy Warhol seiner Altersgruppe und einem angehenden Jesus formen wird, aber ohne das Kontrollfreakhafte und den „Ich-weiß-alles-besser"-Didaktikscheiß dieses Mythos.

Schließlich will Dennis etwas, bei dem sich der Weihnachtsmann nicht den Kopf zerbrechen muss, damit es passt.

Ein Buch. Ein Buch, das zugegebenermaßen mehr Überzeugungskraft hat als jedes normal aussehende Buch, selbst in der Kategorie Selbsthilfe, und dessen sprachliche Ziele so übereifrig sind wie die Posten auf den Wunschzetteln von Kindern, die noch zu matschhirnig sind, um zu begreifen, dass der Weihnachtsmann dem Kerl, der Mamas Auto repariert, nicht unähnlich ist, und dass Dennis noch nicht genug Talent hat, um zu schreiben, und nie haben wird, aber nichtsdestotrotz ein Buch. Vielleicht viele davon. Dinge. Dinge, die man herzeigbar einpacken und mit einem Baum versehen könnte.

Dennoch, angesichts dieses fatalen Problems des Talentmangels und der damit verbundenen Scherereien richtet es der Weihnachtsmann als mentale Übung ein, dass Dennis George die einzige von ihm gewünschte Sache, die der Weihnachtsmann leicht arrangieren kann, schenkt: eine Pistole. Dann schließt er die Augen und spult im Schnelldurchlauf durch das Einpacken und das Abliefern und das Aufreißen der Verpackung seitens George, und dann drückt er auf Play. George lächelt kaum, aber immerhin. Dennis aka der freundliche Ersatz für den Weihnachtsmann fühlt sich geliebt. George steckt sich den Lauf in den Mund und drückt ab. Das Blut spritzt nach allen Seiten. Der Weihnachtsmann sieht zu und denkt, Das könnte ich nicht verkraften.

Er schreibt George eine Fantasie-E-Mail, die besagt, dass George unproduktiv über den Mythos Weihnachtsmann denkt, die kitschigen Stellen herausschneidet und sich vorstellt, was der Weihnachtsmann ihm sagen würde, wenn sie miteinander korrespondieren könnten. Auf jeden Fall steht in der E-Mail, Lieber George, ich verstehe, dass du meine Arbeit magst, und es wäre schwierig, zu erklären, warum, erst recht, meine Einschätzung in Worte zu fassen, aber ich liebe deine. Ich liebe es, dass deine Kunst, genau wie meine, über die Köpfe der Leute hinwegfliegt, ha ha. Ich sage das als jemand, der wie du ein Opfer der Diktatur des Konsens ist. Ich würde dich wirklich gerne kennenlernen, von Angesicht zu Angesicht, aber da ich erfunden bin, stecke ich in einem gemutmaßten Mulch fest. Also, ich werde Folgendes tun.

Du hast einen Freund namens Dennis, wie du weißt. Da ich nur ein Haufen Schwachsinn bin, werde ich von allen Menschen, die von mir gehört haben und sich vorstellen, was ich für einer wäre, wenn sie Hellseher wären, im Geiste überarbeitet. In den allermeisten Fällen bin ich so simpel wie die menschliche Christbaumkugel in den Gutenachtgeschichten, die eure Welt zum ersten Mal auf mich aufmerksam gemacht haben – ein banaler Einfall mit einem absurden Aussehen, der, wenn es mich tatsächlich gäbe, jeden in Angst und Schrecken versetzen würde. So werde ich allein gelassen, um den Unsinn zu tun, den ich, gemäß dem, was die Lügner den Kindern erzählen, tun kann, und wen kümmert es, warum oder wie, solange die Leute nur ein Stück abbekommen.

Der Unterschied im Fall deines Freundes ist, dass er glaubt, dass ich, wenn es mich wirklich gäbe, dir alles geben könnte und würde, was du dir jemals gewünscht hast, und ihn denjenigen sein lassen würde, der es austeilt. Und er hat recht, ich würde es tun. Ich würde es tun, weil ich nett bin und du es verdienst, und weil seine Liebe zu dir ultra-einfühlsam ist. Ich kann nicht lieben, außer auf eine verallgemeinernde Weise. Der ganze „Christenliebe"-Mist, im Wesentlichen. Ich weiß, das ist kompliziert, aber versuch's mal damit. Wenn ich diese E-Mail stattdessen an Dennis schreiben würde, d.h. wenn er es wäre, der so tut, als ob ich ihm schreiben könnte, dann würde er mich Folgendes sagen lassen.

Lieber Dennis, ich stimme dir zu 100 % zu, dass George das erstaunlichste empfindungsfähige Wesen ist, das je gelebt hat, und ich muss es wissen, denn ich habe alle kennengelernt und konnte sie beurteilen, ohne die Schwäche von euch Menschen für das Äußerliche, also ohne die Begierde, die einen bestimmten Teil von euch Typen, sagen wir, Priester und Sozialarbeiter, gruselig macht. Ich wäre glücklich, nein, hingerissen, deiner Bitte nachzukommen und ihm alles zu geben, was er will, und dich das Zeugs ausliefern zu lassen.

Allerdings kann ich nicht sagen, ob er dich liebt, oder ihn dazu bringen, dich zu lieben, und ich weiß, dass du mich nicht ausdrücklich darum gebeten hast, aber ich bin ein Gedankenleser. Ich kann es nicht, weil es meine Spezialität ist, Dinge an Mittelsmänner abzugeben, die dann die Unterschrift darunterseten und sie portiönchenweise verteilen, als wären sie ein Andenken an ihr Sein. Und, um ehrlich zu sein, wenn George dich liebt, denkt er nicht darüber nach, soweit ich das beurteilen kann. Dennoch will ich mit meiner zugegebenermaßen schiefen Logik behaupten, dass er zumindest deine Großzügigkeit lieben muss. Oder wenn *diese Sache + Dankbarkeit für die Sache = Liebe für den Urheber der Sache* nicht logisch ist, dann bin ich am Arsch. Geschenke zu machen ist alles, was ich habe.

Jetzt werde ich euch beiden gleichzeitig schreiben, was ich eigentlich schon tue. Ich habe eine Idee. Es ist ganz einfach. Wir sind uns alle einig, dass George so viel Glück verdient, wie ein Mensch auf Erden nur empfinden kann, ohne körperlich daran zu zerbrechen, oder so. Nun, George glaubt nicht, dass er das per se „verdient", er will nur unbedingt, dass es ihm zur Verfügung gestellt wird. Einiges von dem, was ihn glücklich machen würde, ist selbst für jemanden Seligmachenden wie mich zu unrealistisch. Oder sagen wir mal, die Lieferung wird geahndet. Die Realität ist eine Grenze, an der sich unrealistische Dinge in Science-Fiction auflösen oder zu Sprengstoff werden, und ich bin die Hure dieser Grenze.

Und dennoch, ich bin der Weihnachtsmann, stimmt's? Ich existiere in einem Märchen, in euren Köpfen. Ich glaube, ihr würdet euch hier richtig wohlfühlen und gedeihen. Hier ist nichts begrenzt. Gleichzeitig ist alles sehr einfach, richtig oder falsch, und Dennis will Antworten. Zugegeben, mein Leben wurde von demjenigen, der mich vor Jahrhunderten erschaffen hat, in Stein gemeißelt, abgesehen von kleinen zeitgemäßen Anpassungen in jedem Jahrzehnt, und es gibt Fehler an mir, zum Beispiel, dass sich meine Kräfte nur in Gang setzen auf dem Gebiet der Dinge, die man in Geschäften kaufen kann, aber theoretisch hätte ich alles sein können, sogar Gott in eurer haarsträubenden Konzeption.

Für dich ist das Märchen ein kitschiges Medium, das physikalisch unsolide Welten erschafft, aus denen man irgendwann herauswächst, und für mich ist ein Märchen Stadtplanung. Also, ich werde Folgendes tun. Da das Märchen zu einer Sache wird, die in Büchern zugänglich ist, wenn es hinüberwechselt zu euren Bleiben, meine ich, dass es etwas ist, das ich Dennis geben kann, damit er es dir gibt. Außerdem sind Märchen nicht Proust oder gar Stephen King, also könntest du, Dennis, eines schreiben, falls du deinen Stift lange genug aus dem pornografischen Schlachthaus, das du Prosa nennst, herausziehen kannst. Also machst du dich bereit, um das zu tun.

Der einzige Trick oder das einzige Problem dabei ist, dass ich wohl auch dabei sein muss. Mich vielleicht in irgendetwas manifestiere, das dich daran erinnert, dass ich für deinen Spaß sorge, und sei es nur ein Logo. Es gab offensichtlich einen Grund, warum ihr Menschen das Bedürfnis hattet, zwischen wahren Regen an Großzügigkeit zu vermitteln, indem ihr den harmlosen Weihnachtsmann dazwischengeschaltet habt, und angesichts der Beteiligung von Dennis – nichts für ungut – fürchte ich, dass er irgendeine furchterregende Lawine lostreten wird, wenn ich nicht der Co-Strippenzieher bin. Und, okay, ich würde gerne zusehen, unbemerkt wohlgemerkt, wenn auch nur durch Gucklöcher, getarnt als unauffälliges Häschen, aber ich habe hier so viel anderes zu tun. Lass mich nachdenken.

DER KRATER

Roden war ein alter Vulkankrater in einem trockenen Gebiet in Arizona, das von frühen Siedlern als „Painted Desert" bezeichnet worden war. Mag die Färbung der Region auch verblüffend gewesen sein, die Menschen sind ungeduldig mit dem Unbekannten, und sie sind schnell dabei, alle Rätsel mit Namen zunichtezumachen. Lieber sagen sie zum Beispiel, „Also, das Land sieht ja aus wie gemalt", als dass sie sich davon begeistert verwirren lassen.

Nimm diese Geschichte für sich, in der der Krater, den ich gerade genannt habe, aufgefordert werden wird, wie du und ich zu denken und sich mit ähnlich denkenden, sprechenden Tieren zu unterhalten, und in der ich, selbst in einer so seltsamen und irrationalen Umgebung, in der Magie im Spiel ist, dafür sorge, dass die Figuren ihre Gefühle füreinander klar umrissen haben wollen, oder besser gesagt, eine von ihnen.

Roden war vor 400.000 Jahren bei einer Eruption ausgegraben oder gemeißelt oder geboren worden. Er hatte am besten ausgesehen, als noch nichts mit einem IQ lebte, der ihn anders zu würdigen gewusst hätte als durch Besteigung oder Umrundung. Schließlich wurde der alternde Kegel zu einer öden Reminiszenz an sein Ausgangsmaterial, bis ein Künstler namens James Turrell, der berühmt dafür war, Strukturen zu schaffen und zu überarbeiten, die das Licht für unsere Wahrnehmung dingfest machten und festhielten, ihn entdeckte und dachte, Ich liebe und missachte dieses alte Ding so sehr, dass ich mein Leben der Aufgabe widmen werde, es in mein größtes Kunstwerk umzumodeln. Und so fing er an, ihn zu trimmen, zu unterkellern und mit Oberlichten zu dekorieren. Im Laufe der Jahre wurde der Kegel zum Vehikel seiner Fantasie, oder wie das Mitglied einer Sekte, das von weitem gleich aussah, aber seiner Originalität oder seines Willens beraubt worden war.

Eines Tages kam einem Präriehund, der den eingeschlossenen Kessel des Kraters oft als Ort zum Fangen hohlköpfiger Kaninchen genutzt hatte, in den Sinn, das zu sagen, was zu erwähnen alles, das um den Krater herum lebte oder wuchs, aus Höflichkeit unterließ.

„Ich habe das Gefühl, dass ich dich nicht mehr kenne", sagte der Präriehund. „Es gibt jetzt all diese Tunnel und Räume und geformten Teile in dir, und überall Zäune, und alles ist verschlossen, so dass ich nicht hineingehen kann. Es ist irgendwie gruselig."

„Es ist nicht so, dass ich die Tage nicht vermisse, an denen ich dir einfach mein Äußeres überlassen habe, aber ich war nur eine Wunde", sagte der Krater. „Ich nehme an, das bin ich immer noch, und ich nehme an, ich bin jetzt nur noch jemandes Marionette, und trotzdem bin ich immer noch hier drinnen und denke mir Seitenhiebe auf das Wetter aus, aber es ist wahr, dass ich kleiner werde, und bald werde ich ein Schleier sein."

„Du hast mich verloren", sagte der verwirrte Präriehund.

„Vielleicht bin ich in ihn verliebt", sagte der Krater. „Entschuldige, mit ihm meine ich den Künstler, der mich beschnitten hat. Du hast ihn vielleicht schon gesehen. Weißes Haar, älterer Mann. Er glaubt an mich. Für ihn bin ich keine Leiche, ich bin wie ein Baby. Und es fühlt sich wirklich so an, als ob ich wieder ausbreche, nur eher intellektuell denn als Glibber, und in ganz langsamer Zeitlupe. Ich denke, das bedeutet, dass der Künstler mich auch liebt, aber ich bin mir nie sicher, ob ich ein Umstand bin, der es ihm erlaubt, sich selbst zu lieben, oder ob mein Schmutz so zweckmäßig ist wie die Farbe der traditionellen Künstler. Was denkst du?"

„Keine Ahnung", sagte der Präriehund. „Für mich, für jedes Tier, das ich kenne, warst du immer etwas Zweckdienliches. Und das bist du wahrscheinlich immer noch. Manchmal töten Menschen Kreaturen wie mich, stopfen die Leichen aus und stellen die schmuddeligen Hüllen in ein Museum. Das ist einem meiner Freunde passiert. Manchmal frage ich mich, ob das gut oder schlecht für ihn war. Ich frage mich, ob die Menschen wirklich wissen, was sie da tun. Ich bin zu primitiv in Anführungszeichen, um das zu wissen, aber sie glauben mit Sicherheit, dass sie es wissen."

„Früher habe ich mir nie Sorgen gemacht", sagte der Krater. „Aber jetzt, wo ich das Material des Werks eines Künstlers bin, mache ich mir ständig Sorgen. Ich mache mir Sorgen, dass ich ein Rahmen bin. Ich mache mir Sorgen, dass ich eine Dekoration bin. Ich mache mir Sorgen, warum ich mir darüber Sorgen mache. Ich mache mir Sorgen, ob ich geliebt werde. In vielerlei Hinsicht freue ich mich darauf, in eine coole, stumme Form gebracht zu werden."

Das war es, was der Krater sagte. In der Tat sagte er noch viel mehr, aber das ist der wichtige Teil.

Und die Tage kamen, und die Tage gingen, und gestern war der letzte Tag. Die letzten Steine wurden in die Wege und Tunnel des Kunstwerks gelegt, und die schmutzigen Kammern wurden leergefegt, und Menschen, über die der Krater nicht die geringste Ahnung hatte, begannen durch seinen Körper zu gehen und den Himmel durch Löcher zu betrachten, die in seine Epidermis gemeißelt waren. Und es war, wie wenn die Arterien eines Menschen verstopfen und er einen schweren

Schlaganfall erlitten. Der Krater war gelähmt. Was auch immer im Inneren des Kraters lebendig gewesen war, war geblieben, aber es war wie die Zutaten für einen Menschen im Koma, und was durch die Einsprengsel des Künstlers gewonnen oder verloren worden war, hat nichts mit dieser Geschichte zu tun.

Es war im Spätherbst und zufällig ein Donnerstag, als der Praktikant, der am Eingang von Roden Wache stand, den Kopf drehte und zu sehen glaubte, dass sich eine figurative Wolke oder eine anthropoide Staubkugel auf dem Kraterrand materialisiert.

Allmählich färbte und formte ein einmalig konturierter Mensch den Nebel, der mittlerweile nicht mehr gegenstandslos war. Oder das Missverhältnis der sich zusammensetzenden Gestalt war derart, dass sie auf magische Weise verströmt worden zu sein schien, obwohl die innere Logik der Erzählung jeden in Sichtweite zu dem Schluss führte, dass es sich bei dem gespenstischen Auftauchen des Wesens um einen anhänglichen staubigen Lufthauch handelte, der vom Parkplatz herüberwehte, wo jenes wie jeder andere Besucher sein Auto abgestellt hatte.

George ist der Name, unter dem „es" in der Welt bekannt war, aus der heraus es entweder gefahren kam oder gepickt worden war, und dieser Name wurde hier beibehalten, denn trotz all seiner neuentdeckten Freiheit war er nicht so viel anders.

Er war im frühen Teenageralter, hatte braunes, schulterlanges Haar und blaue Augen, die so sichtlich nicht an ihre Umgebung gewöhnt waren, dass sie wie etwas zwingend zu Betrachtendes aussahen, wie Seen, von denen man sagt, sie seien bodenlos. Er schien entzückt vom Krater, wischte wie verrückt vom Wind verblasene Haarsträhnen aus dem Weg, um Sicht zu haben, was gut war, denn der Krater und alles, was in dieser Geschichte vorkam, war ein Geschenk von Dennis, dessen Liebe zu George so weit hergeholt war, dass er beschlossen hatte, dass es die absurde Umgebung eines Märchens und den Segen einer außer Kraft gesetzten Logik brauchte, um einen Leser, der nicht so viel für jemanden empfinden wollte, davon zu überzeugen, dass seine Liebe zu George realistisch war.

Dennis spielt in dieser Geschichte nur insofern eine Rolle, als er in diesem Moment an seinem Laptop in einer Wohnung im 8. Arrondissement von Paris sitzt und sie schreibt. Das heißt, die weniger phantastische Welt jenseits dieser Datei oder dieses Papiers spielt über das Zuwiderhandeln seiner Gedanken hinaus überhaupt keine Rolle.

George wäre vielleicht der vorherrschenden Niedlichkeit des Märchens gleichgemacht worden, wäre da nicht sein ungewöhnlicher roter Rucksack. Er war nicht nur ein unbedachter Aspekt seines Outfits, er wirkte auch schrecklich lebendig, weniger an seine Schultern geschnallt als vielmehr rücksichtslos auf ihm herumreitend. Mal sah er so leer und entleert aus wie das Beatmungsgerät einer Leiche, dann wieder stürmisch wie ein Sack, in dem ein Affe eingesperrt war, und wieder andere Male war er straff und ballonartig oder wie etwas, das man erhält, wenn man den Weihnachtsmann durch die Müllpresse jagt.

Für den Wärter, der Georges Eintrittskarte am Eingang entgegennahm, und für andere in Rodens Diensten, die als Nebenprodukte dieses Märchens nicht über Merkwürdigkeit nachdachten, war der rote Rucksack weit weniger vielsagend, als er es für dich ist. Für sie war er nur insofern bemerkenswert, als er ein Geheimnis zu bergen schien, oder er war vielleicht der sich windende Fötus einer separaten, wenn auch irrtümlich hinzugefügten Figur, deren vollständige Fertigstellung Dennis verabsäumt hatte. Um die Wahrheit zu sagen, es war das Herzstück der Geschichte.

In den nächsten Stunden durchquerte George das unterirdische Observatorium des Kraters. In den Vestibülen, die die Kreuzungen der Tunnel bildeten, stand oder saß er und starrte nach oben und durch die Öffnungen, die jede Decke vereinnahmten. Während er beobachtete, wandelten sich die Aussichten merklich von einfachen Himmelsbrocken zu optischen Täuschungen, bei denen der Himmel die Zutat war, und schließlich zu Mittlern, die George bloß durch seine Sehkraft high machten. Er hatte das Gefühl, Licht zu sehen, wie er es bisher kannte, aber nie gesehen hatte, nicht einmal wenn seine Augen bekifft waren. Er war der Ermittler seiner Augen, und sie, innerlich bereichert, wurden schön und lenkten jeden Passanten ab, der ihn bemerkte. Es wurde sogar geflüstert, dass seine Augen eine Facette des Kunstwerks sein müssten, vielleicht angeheuerte Darsteller. Eine besonders entzückte Frau fragte sich gegenüber einer Freundin, ob die Augen des jungen Fremden vielleicht sogar verpflanzte Klumpen des Lichts selbst seien, auf die seine Iris und Pupillen wie das Fadenkreuz auf eine Zielscheibe gemalt worden waren.

Es war im letzten Vestibül, als George die übergroße Präsenz eines älteren, sehr bärtigen Mannes spürte, der wie er viel länger verweilte als die anderen Touristen. Er schien sich mehr für George zu interessieren als für das Kunstwerk. Entweder das, oder er schien das Trara des Lichts mittels einer etwas umständlicheren Vorgehensweise betrachten zu müssen, vielleicht so, wie die Betrachter von Sonnenfinsternissen Spiegel benutzen müssen oder andernfalls ihr Augenlicht verlieren.

Selbst in dem diffusen Licht des Raumes glaubte George, den Mann von Fotos zu erkennen, die er von James Turrell, dem Künstler des Kraters, gesehen hatte, aber er war sich durchaus bewusst, dass er sich in einem Märchen befand, in dem Masken nicht von Gesichtern zu unterscheiden waren, also versuchte er, in ihm eine kryptische Sehenswürdigkeit zu sehen, wobei er nur wusste, dass George, da Dennis alles kontrollierte, nicht in Gefahr war, wer auch immer der besessene Kerl war.

Schließlich fand sich George draußen wieder, auf dem Kraterrand sitzend, tatsächlich ganz in der Nähe der Stelle, an der er ursprünglich erschienen war. In seiner Nähe, aber nicht verdächtig nah, saß der ungewöhnlich interessierte und bärtige Mann, vertieft darin, Georges Gesicht dabei zu beobachten, wie der den Krater in sich aufsaugte, in und über den er ohne Unterbrechung schaute.

„Sie sind James Turrell", sagte George schließlich. „Oder der Weihnachtsmann, ganz leicht verkleidet. Das eine oder das andere, nicht wahr? Oder beides? Ich schätze, das ist auch möglich."

„Eigentlich bin ich Dennis", sagte der Mann, „wie alles andere auch, ausgenommen du. Aber, ja, ich bin auch James Turrell. Dennis hat mein Aussehen simuliert, und man könnte sagen, mein Geist ist der meine, aber meine Stimme unterliegt seinem Rasiermesser. Wenn du mich so sehen willst, wie er es haben will, und verzeih mir den egozentrischen Vergleich, dann bin ich der, der ich bin, und er ist so etwas wie der Rahmen, durch den mein Licht strömt. Was ich meine, ist, ich bin er, aber ich bestehe aus nichts, was nicht ich bin." Daraufhin lächelte er verlegen. „Es scheint, ich bin nicht leicht zu kopieren. Und was ist da drin?" Er deutete auf den seltsamen roten Rucksack, der ein wenig wackelte.

„Ich weiß es nicht", sagte George. „Ich meine nur, dass er hier sein muss. Eine Art Portal oder ein Stecker." Dabei warf er dem Mann einen fast klagenden Blick zu. „Ehrlich gesagt, ich hoffe, es ist eine Pistole. Aber ich glaube, es könnte auch der Weihnachtsmann sein. Das ist eine lange, deprimierende Geschichte – meine ‚Ich-wünsch-mir-dass-es-eine-Waffe-ist'-Sache – und ich weiß, ich klinge auf jeden Fall lächerlich."

„Wenn ich nicht hauptsächlich eine Landplage wäre, würde ich dir wahrscheinlich zustimmen", sagte James Turrell, der weise nickte. „Und, wie fandest du meine Arbeit?", fügte er hinzu und nickte in Richtung Eingang, oder besser gesagt, in Richtung des Schildes, auf dem „Eingang" mit einem Pfeil darunter stand, denn die Öffnung selbst war aus dieser Entfernung mikroskopisch klein.

„Oh, unglaublich, witzig, sehr witzig, schräg, bewusstseinsverändernd, ich liebe es", sagte George enthusiastisch, aber als er James Turrell ansah, schien der Künstler unzufrieden. „Worte sind nicht mein Talent", fuhr er fort. „Ich bin eher ein schalldichter Mensch. Die Worte, die ich benutzt habe, waren also Leaks. Aber was in mir vorging, als Sie fragten, war ziemlich intensiv."

„Es mag seltsam sein, das zu sagen, oder vielleicht zu hören", sagte James Turrell, „aber der Grund, warum ich dich so genau beobachte, ist nicht nur deine Schönheit, obwohl die schon gegeben ist, oder noch hinzukommt. Soll heißen, als ich deine Augen unter die Lupe genommen habe, hatte ich das Gefühl, meine Lichtmanipulationen aus deiner Perspektive zu betrachten, und ... wow. In Anbetracht dessen, dass es schwer umsetzbar ist, mit dir als Kunstwerk um die Welt zu reisen, und in Anbetracht dessen, dass wir uns in einem Märchen befinden und dass mein Krater in der realen Welt, in der wir eines Tages wieder leben werden, mit all seinen

Fehlern unberührt geblieben ist, fühle ich mich stattdessen zu der Idee hingezogen, dir zu erlauben, daran herumzupfuschen, deinen Senf dazuzugeben, es zu perfektionieren, oder das Gegenteil davon. Carte blanche. So einfach ist das. Ich flirte nicht mit dir, ehrlich nicht."

George dachte eine Weile über das Angebot nach, wog ab, wie sehr es ihn umgehauen hatte und, wenn nicht oder nicht ganz, wann. „Okay", sagte er schließlich. „Haben Sie irgendwelche Erdarbeitsmaschinen?"

Kurz darauf saß George in der Kabine eines gelben Minibaggers, der auf einem Hügel über dem Krater abgestellt war und rumpelte.

Da Dennis das Märchen bis hierher vorgespult hat, ist unklar, ob der Bagger irgendwo in der Nähe geparkt und als Geschenk von James Turrell dorthin gebracht worden war, oder ob er auf magische Weise von dem verblüffenden roten Rucksack ausgeschieden wurde, der plötzlich eines seiner Metiers preisgab, während alles auf Pause gedrückt war.

Eine Zeit lang stand James Turrell an der offenen Tür und beobachtete George, wie er sich entschied, oder genauer gesagt, wie er zielstrebig oder zufällig durch die Windschutzscheibe starrte, vielleicht inmitten von Geburtswehen einer ästhetischen Formulierung, vielleicht aber auch, weil er sich wünschte, er hätte den Künstler stattdessen um eine Pistole gebeten und wäre dabei, sich umzubringen, oder hätte es bereits getan, da George oft dachte, er sei bei allem das Problem.

Zwischen Georges langanhaltender Ruhephase und dem körperlichen Verfall, der Menschen in ihren frühen 70ern einschränkt, fühlte sich James Turrell schließlich von sich selbst besiegt und setzte sich auf einen nahe gelegenen Felsen, um die Dinge etwas leidenschaftsloser zu beobachten.

Nach einer Stunde oder vielleicht etwas mehr, kam George

wieder zu sich. Er lehnte sich dicht an die Windschutzscheibe und studierte den felsigen Boden vor sich. Mit den Knöpfen und Hebeln am Armaturenbrett des Baggers ließ er die Schaufel auf den Boden fallen. Indem er die gezackte Lippe immer näher an den Rand bugsierte, schob und schürfte er dann nach und nach eine dünne Schicht Mutterboden ab, bis sie schließlich den Rand erreichte und sich in den Schlund des Kraters ergoss, dann hob er den Ausleger an und sah nach, ob sich etwas verändert hatte.

Während er es sich ansah, begann die Kabine des Baggers zu schwanken, wie bei einem Erdbeben, das stark genug war, um ein so schweres Fahrzeug ins Wanken zu bringen. Noch unerklärlicher war, dass aus dem Inneren des langen toten Kessels ein Geräusch zu dringen begann. Für Georges Ohren klang es einem menschlichen Gähnen nicht unähnlich, aber viel lauter, als es ein einfacher Mund erzeugen könnte. Selbst die durchrüttelnden Mechanismen des Baggers konnten es nicht unterdrücken.

Eine starke, aber nicht unangenehme Angst vor dem Unbekannten umhüllte George, und er schaute dorthin, wo er James Turrell zuletzt gesehen hatte. Turrell saß auf einem Felsen und beobachtete George immer noch. Er schien von dem dröhnenden Ton völlig unbeeindruckt, ihm gegenüber sogar taub zu sein, oder der Meinung, dass Georges Bemühungen ihn hervorgebracht hatten, und das auf alle Fälle so sehr, dass er, als er sah, dass George ihn zur Kenntnis nahm, ernst den Daumen hob.

Überall, wohin George blickte, zitterten die Kakteen und das Gestrüpp nicht einmal, und die Touristen, die er in der Ferne sehen konnte, gingen so gleichmäßig wie immer. Erst da konnte er zu dem Schluss kommen, dass das seltsame Ereignis in seinem Kopf stattfand.

Inzwischen hatte sich das Gähnen in ein Geräusch verzerrt, das sich ziemlich genau so anhörte wie die langgezogenen, verworrenen Worte, die ein Aufwachender von sich gibt. Obwohl der Kraterrand nicht überarbeitet war oder nicht genug, um an ein massives Paar Lippen denken zu lassen, schien es für George offensichtlich, dass der Krater der Urheber des Geräusches war und dass er mittels etwas Menschlichen kommunizierte oder dies versuchte oder mittels dessen zum Reden gebracht wurde, und wenn es so war, dann auf die falsche Art, so wie Kehlsänger ihre Hälse benutzen.

„Darf ich dich etwas fragen?", brachte die Stimme langsam hervor. „Das heißt, wenn du mich verstehen kannst. Ich habe das Gefühl, dass du das kannst, obwohl ich noch nie einen Menschen kannte, der mich hören konnte. Selbst James Turrell, mein Mentor, zerklatscht immer die Luft rund um seine Ohren, wenn ich ihn grüße. Mein Leben ist ein sehr entfremdetes, aber ich bin daran gewöhnt."

George dachte nach und dachte noch länger nach. „Sicher", sagte er schließlich, „wenn ich das auch tun darf. Mit einem Kunstwerk deiner Qualität zu sprechen, ist für mich ziemlich gigantisch."

„Dann sag mir, warum?", fragte die Stimme. „Warum hast du das getan? Warum Dinge ändern? Und bevor du meine Worte für unverschämt hältst, sollst du, falls dem so ist, wissen, dass ich James Turrell diese Frage bei hunderten Gelegenheiten gestellt habe, und ich habe sie gelegentlich, als er auf Reisen war und ich von den Männern, die er angeheuert hatte, verarztet wurde, denen gestellt. Zuerst war die Frage eine echte Frage, aber nachdem sie, außer von meiner Vorstellungskraft, völlig ignoriert wurde, merkte ich erst, dass ich eine habe, und sobald ich sie zur Kenntnis genommen hatte, begann die mir zu antworten, oder ich begann zu antworten.

Es ist schön, jemanden zu fragen, der nicht ich ist und kein Präriehund oder Kaninchen. Die sind infantil. Hier ist also die größere Frage. Als ich umgeformt wurde, fühlte ich mich geliebt. Aber in den Monaten seitdem ich mundtot gemacht worden bin, oder vielleicht wäre bewusstlos richtiger, habe ich das nicht mehr gefühlt, was seltsam ist, da ich erst seit meinem Tod wesentlich häufiger zum Auslöser von Liebe erklärt wurde, vorausgesetzt man kann glauben, was die Leute, die durch meinen Körper gehen, sagen, und ich meine, das sollte ich."

George hatte nicht erwartet, so persönlich angesprochen zu werden, und es war ihm unangenehm, dass all die Fragen, die er sich für den Krater ausgedacht hatte, dergestalt waren, als sei dieser der Sprecher der ganzen Erde.

„Ich werde versuchen, dir zu antworten", sagte George, „aber zuerst, und ich bin mir nicht sicher, wie ich dich das fragen soll, oder ob die Frage rhetorisch ist, aber bist du das Kunstwerk, oder bist du nur der Krater, in dem es sich befindet?"

Der Krater dachte schmerzhaft darüber nach, zumindest schien es George so. „Ich verstehe, was du meinst", sagte er.

„Nun, das ist gut, denn ich weiß nicht, was ich sagen wollte, oder nicht genau", sagte George und lächelte.

„Als ich mich von James Turrell geliebt fühlte", sagte der Krater, „lag es, glaube ich, an dem, was ich seiner Meinung nach gewesen war, feurig, zehnmal größer, und was mein Kadaver mit Hilfe seines Spezialistentums wieder werden konnte, also war das, was er geliebt hatte, das, was meine Gegebenheiten mit seiner Vorstellungskraft anstellte, und ich war nur, wer weiß?"

Es entstand ein so angespanntes Schweigen, dass George wagte, eine Vermutung anzustellen. „Sein Freund?", riskierte er zu sagen. „Oder, warte, seine Art von … querschnittsgelähmtem Freund?"

„Das ist interessant", sagte der Krater. „Eines Nachmittags, nicht lange bevor ich verhärtete, kam ein wohlhabender, sehr alter, ziemlich entkräfteter Mann, den James Turrell wegen Spenden umwarb, mit einer Limousine an, um die Ware zu prüfen. Er saß im Rollstuhl, hing da irgendwie drinnen, aber weil sein träger Körper das Geld hatte, das, wenn ich mich recht erinnere, für die Fertigstellung der Kammer in meiner Nordwestseite benötigt wurde, schob James Turrell den Rollstuhl des Mannes stundenlang, was auf diesem rauen Terrain nicht einfach ist, und redete so charmant mit ihm, obwohl dieser selbst nicht sprechen oder vielleicht nicht einmal hören oder vielleicht überhaupt nicht denken konnte, so altersschwach wie der war, und ich dachte, Wie kann ich topografisch nicht „Genau der" sein? Notwendig, aber nicht grenzenlos geliebt. Du willst etwas über Depressionen wissen? Übrigens hat dieser Mann, oder besser gesagt, ein Angestellter von ihm, dessen Gehirn noch funktionierte, James Turrell das Geld gegeben. Zehn Millionen Dollar. Und so sind alle glücklich. Ich sollte dankbar sein."

„Das ergibt Sinn", sagte George ganz vorsichtig, denn in Wahrheit hatte der Krater begonnen, ihn zu langweilen. „Ich habe dieses Wort lieben auch auf dich angewendet, aber wenn du mich jetzt fragen würdest: ‚Tust du's?' würde ich vielleicht ja sagen, aber nur, um dich zu beruhigen. Siehst du, diese Frage, so einfach sie dir auch erscheinen mag, ist sehr anstrengend, wenn man die Antwort kennt, die sich der Sprecher erhofft. In deinem Fall, Ja, ich habe es getan, aber das war, als ich dachte, du wärst nur wegen mir hier. Jetzt, wo ich dich besser kenne und merke, dass ich dich nicht im Geringsten kenne und wo du weniger ein Kunstwerk bist, welches gesehen zu haben, mich sehr glücklich macht, als vielmehr ein massives, knurrendes Löwengesicht, das ich glaube, besänftigen zu müssen, bin ich mir nicht mehr sicher."

„Das verstehe ich nicht", sagte der Krater. „Aber wenn man bedenkt, dass mein Verstand aus Dreck und Steinen besteht, ist eine gewisse Zurückgebliebenheit nur natürlich. Und dann sind da noch diese unelastischen Worte, die ich sprechen soll."

George nickte. „Meine auch", sagte er. „Ich habe das Gefühl, ich spreche sie phonetisch aus."

Es gab eine Pause, als George, der Krater und vielleicht auch andere, wie der Präriehund, das, was man ihnen zu sagen aufgetragen hatte, auspackten und jeder für sich dies mit seinem normalen Output verglich – leises Rumpeln, Bellen, Worte, aber in Georges Fall nicht sehr viele davon.

Das Funkeln und das leicht psychotrope Antlitz, die dem Ort einen ausreichenden Einschlag Seltsamkeit verliehen hatten, um ihre Dialoge authentisch zu machen, und die niemandem als unrealistisch aufgefallen waren, spulten zurück, bis das Setting eine durchschnittliche Wüste war, und sie durstig in ihr. Im Grunde war alles beim Alten, mit der möglichen Ausnahme von Georges Rucksack, der merklich mehr durchhing und nicht röter aussah als tausend andere stylische.

„Und was ist in dem Rucksack?", fragte der Krater.

„Eine Pistole", sagte George.

Damit gerieten George und der Krater in eine Sackgasse, oder besser gesagt, meine Vorstellungskraft geriet in eine Sackgasse, und ich klappte meinen Laptop zu. Doch dann passierte etwas ganz Seltsames.

Da ich noch nie zuvor Märchen geschrieben hatte, dachte ich, es sei dasselbe wie einen experimentellen Roman zu schreiben, und dass die Figuren und Geschichten, die die Prosa zumüllen, genau wie Nüsse wären, die in deren Toffee eingebettet sind, und dass das Schließen des Laptop-Deckels die im Werden begriffene Geschichte einfach nur speichern, vielleicht ein wenig runterkühlen würde. Aber das war nicht der Fall, zumindest nicht ganz.

Denn Märchen sind eine Form, in der die Figuren und die Geschichte, trotz ihrer Falschheit, die Summe und die Substanz sind, und in der die Sprache jene nur bis zu einem gewissen Grad ziseliert.

Das Märchen passte sich also an, und als sich der Deckel meines Laptops senkte, stürzte ein riesiges UFO oder eine Metallplatte aus dem Himmel über dem Krater. Bevor George oder James Turrell oder sonst jemand sich fragen konnte, warum die Sonne so prompt und außerplanmäßig untergegangen war, schlug es auf der Erde auf und zerquetschte oder tötete alles und jeden, sogar den bulligen Bagger, wie Moskitos.

DAS HERZ IST EIN EINSAMER JÄGER

Meine Schule war so privat, d.h. in etwa 300 Schüler, 5. bis 12. Klasse, alles Jungs, dass der Hausmeister und der Trainer die Glühbirnen an der Decke der Cafeteria gegen farbige austauschten und die Stühle und Tische in den Ecken stapelten, wenn sie uns nach Schulschluss Tanzveranstaltungen schmiss.

Ich war 15, also war es 1968, und auf einem Tanzabend mit meinen schlauen Kifferfreunden. Jay brüllte mir ins Ohr wegen seines kleinen Bruders, der voll auf einem LSD-Trip war. Er sagte, er sei zu stoned, um sich damit zu befassen, und habe an mich gedacht, weil ich zwar viel LSD genommen hatte, aber zu dem Zeitpunkt, ungewöhnlicherweise, nicht high war.

Ich hatte ihm immer geholfen, denn ich war immer irgendwie reflexartig besorgt.

Als ich George das erste Mal sah, ging er auf den Zehenspitzen, streckte die Arme aus und fuchtelte damit herum, als ob seine Schuhe auf einem Drahtseil balanciert würden und der Asphalt Nebel wäre.

Er hatte wie ich lange Haare, und obwohl es zu dunkel war, um mehr zu sehen als die Haare und das, was er trug, wusste ich, dass ich ihn noch nie an unserer Schule gesehen hatte, denn ich hätte einen so jungen Jungen mit so langen Haaren gesehen, und das lag wahrscheinlich daran, dass die Schule zu unserem gegenseitigen Schutz Kinder von Teenagern fernhielt.

„Das ist Dennis", sagte Jay zu ihm und torkelte davon.

„Ich habe schon von dir gehört", sagte der Junge.

„Was geht ab?", fragte ich ihn, wie ich es damals oft tat, anstatt Hallo zu sagen.

„Meine Füße sind riesig", sagte er. „Ich kann nicht mehr laufen."

„Hast du Angst?", fragte ich.

„Vor meinen Füßen, ja", sagte er.

Ich erzählte ihm, dass ich viel LSD genommen hatte und möglicherweise verstand, was er durchmachte, und dass einige meiner Freunde mir geholfen hatten, wieder auf den Boden zurückzukommen, als ich am Durchdrehen war, und dass ich dachte, dass ihr Plan bei ihm funktionieren könnte, wenn er es mich versuchen ließe, und ich glaube, da streckte ich meine Hand aus.

„Was soll das?", fragte er.

„Nimm sie", sagte ich.

„Sie ist zu klein", sagte er.

Hätte er kürzeres Haar gehabt oder wäre er mir durch das LSD nicht mir ähnlicher vorgekommen als ein Durchschnittsjunge, hätte ich vielleicht getan, was man bei Kindern tun sollte, nämlich seine Hand gegen seinen Willen ergriffen, weil ich mehr wusste als er und dachte, Er wird es mir danken, wenn er nicht mehr high oder jung ist.

„Nichts für ungut", sagte ich. Ich schob meine Arme unter die seinen und hob ihn hoch, bis seine Beine etwa einen Zentimeter über dem Boden zappelten, dann schleppte ich mich dorthin, wo der Zement des Bodens solider gegossen war und sozusagen keine Textur hatte und keine Bilder im Kopf erzeugte. Ich setzte ihn ab und begann, meine Arme zurückzuziehen.

„Nein", sagte er und hielt meine Hände fest, bevor sie entkommen konnten. „Ich brauche sie."

„Ich werde etwas tun", sagte ich, „und du solltest mich das tun lassen, und alles, was du tun musst, ist gehen oder taumeln. Ist das in Ordnung?"

Ich würde sagen, er hat gelacht, aber schon als Junge war George immer sehr zurückhaltend, wenn er lachte, wie jemand, der in einem engen, überfüllten Raum schwächlich hustet. „Du versuchst, mit mir zu reden", sagte er.

Ich begann, uns wegzubringen. Seine Schuhe brachen zwischen meine aus, aber wir erreichten langsam den Sportplatz der Schule. Ich lenkte ihn auf das Baseballfeld und dann auf die nächstgelegene Base – die dritte, glaube ich – wo ich uns absetzte. Dadurch saß er auf meinem Schoß, was mir zu schwul vorkam, also versuchte ich, ihn hinunter auf den Boden zu schieben. Er wehrte sich und sagte immer wieder, „Nein, bitte nicht", aber durch mein Schieben und sein Festhalten landeten wir in einer Kompromiss-Stellung, in der sein Hintern auf dem Boden lag, er zwei Hände an meinem T-Shirt hatte, seine Beine um meine Taille geschlungen waren und mein Arm, um seine Schultern gelegt, eingeklemmt war.

„Jetzt lehnst du den Kopf zurück und schaust dir die Sterne an", sagte ich, „und versuchst, mich als langweilig zu empfinden."

Seine Augen suchten den Himmel ab. Sein Kinn hob sich, und nachdem er ein paar Mal „wow" gesagt und den Brustteil meines T-Shirts zu zwei hässlichen Blumen zerknittert hatte, wurde sein Gesicht von einem psychedelischen Blick überschattet, so unverkennbar wie das Down-Syndrom, bei dem die Augen fehlzündeten, ihren Fenster-zur-Seele-Effekt völlig verloren und für nüchterne Menschen einfach nur schwachsinnig aussahen.

Er behielt noch eine ganze Weile das bizarre Gesicht, Minuten oder sogar länger. Ich muss mich wohl auf dem Spielfeld umgeblickt und der psychedelischen Musik zugehört haben, die den Fenstern der Cafeteria entwich, und versucht haben, den Sternen einen gewissen Vertrauensvorschuss zu geben.

Irgendwann richtete George seine Augen auf mich. Aus dem Augenwinkel sahen sie extrem ängstlich aus, aber ein Blick der Angst war auch eines der verlässlichen, jedoch vordergründigen Beiwerke des LSD. „Bin ich verrückt?", fragte er mich, vielleicht fragte er aber auch an irgendeinem Ort, zu dem ich in seinen Augen der Türsteher war.

„Nein, du bist high", sagte ich.

„Ich meine nicht jetzt", sagte er. „Ich meine, dauernd."

„Ich habe dich gerade erst kennengelernt", sagte ich.

Zu diesem Zeitpunkt waren seine Augen bereits in meinen steckengeblieben. Ich vermutete, dass er in Gedanken woanders war und eine Halluzination erkundete, und dass meine Augen für ihn nur wie Knöpfe an einem Hemd waren oder ihm wie Sterne erschienen, sehr weit weg und ungefährlich. Es ist immer beunruhigend, wenn ein kleines Kind einen anstarrt, weil man etwas nicht zu Ende Gedachtes tun könnte, das aus Versehen sein Leben verändert, also schaute ich weg.

„Nein, komm zurück, ich werde fallen", sagte er.

Ich schaute ihn wieder an. Da ich nicht stoned war, besaß ich nicht die Expertise, um seine Augen als Mikroskope zu benutzen, damit sie mir helfen, ein Geheimnis über das Universum zu lüften, in dem ich ein Teilchen bildete. Ich erinnere mich, dass ich dachte, Sie sehen nur aus wie Augen, sie sind nur an der Oberfläche augenartig, und selbst wenn es Augen sind, ist zu viel an Schleier darin, um mich zu sehen oder um zu erkennen, dass ich empfindsam bin, zumindest wenn ich mich nicht viel bewege.

Also steckte ich fest in der Erforschung, wie er tatsächlich aussah. Zunächst einmal seine Augen, die, selbst angesichts dessen, dass sie leichte Beute waren, nichts Persönliches preisgaben, das ich sehen oder über das ich in Gedanken improvisieren konnte. Abgesehen von ihrer blauen Farbe und den erweiterten Pupillen hatte LSD sie völlig verriegelt. Ich konnte nichts sehen, was ich nicht auch in meinen im Spiegel gesehen hatte, sogar noch weniger, und ich erinnere mich, dass ich die Zeit totschlug, indem ich versuchte, ihre Hornhaut, ihren Glanz und ihre Linse wie ein Optiker zu beurteilen.

Ich habe für eine Zeit, die mir stundenlang erschien, aber nicht stundenlang gewesen sein kann, seine Augenbrauen, seine Nase, seine Lippen, seine Wangenknochen, sein Kinn, seine Stirn, ihre Anordnung und die Feinheiten seiner Gesichtsporen geprüft und mehrfach gegengeprüft. Ich muss so viele Konzepte und Hypothesen über sein Gesicht gehabt haben, dass ich meine Augen darauf fixierte und dafür interessierte, aber alles, woran ich mich erinnern kann, ist, dass ich beschloss, dass er niedlich war, oder vielleicht einfach nur hinreißend, weil er 12 war.

Wenn ich mich jetzt konzentriere und mir dieses Gesicht vor Augen führe, das ich wohl besser im Gedächtnis behalten und kennengelernt habe als jedes andere Gesicht, das jemals nicht von einem Foto auf mich geblickt hat, erstaunt es mich, zu meinen, dass es mich weder verwirrt noch angezogen hat, und dass ich mir nicht hätte vorstellen können, es zu küssen oder mir zu wünschen, ich könnte seiner Stimme meinen Namen mit einem liebevollen Tonfall einschreiben, selbst wenn ich das gewollt hätte.

Schließlich sah ich etwas in seinen Augen auftauchen. Eine Art von Energie, die ein Pluszeichen hätte bilden können, wenn es ein Bild gewesen wäre. Ich vermutete, dass dies der Ausgangspunkt dessen war, was er von mir dachte.

„Bist du wieder da?", fragte ich.

„Du hast gerade mit mir gesprochen", sagte er.

„Das habe ich", sagte ich.

„Du wirst nicht glauben, was ich gerade gedacht habe", sagte er. „Es war nicht einmal gedacht."

„Und was war das?", fragte ich.

Er drehte den Kopf und schaute auf das Feld hinaus. Er löste seine Finger von meinem Hemd und löste seine Beine von meinen, dann kreuzte er sie und setzte sich aufrecht hin, damit er dem, was er sah, ins Gesicht sehen konnte. Mein Arm lag noch immer um seine Schultern, was sich unangenehm anfühlte, also wollte ich ihn loslassen, bis ich spürte, wie seine Finger mein Handgelenk drückten und daran zerrten. „Nein", sagte er. „Ich brauche das noch."

Ich glaube, wir saßen da und schauten auf das Gras und machten gedankliches Heu, während ich ihn ab und zu Dinge fragte wie „Bist du okay?" und „Wie geht's dir?".

Ich hörte, wie die Musik in der Cafeteria ausging. Da sie psychedelisch angehaucht war, war ihr Verlust für einen Bekifften von größerer Bedeutung als für einen nicht Bekifften, und natürlich schien auch George ohne diesen Sound abzuschalten, oder besser gesagt, einzuschalten, beziehungsweise meine ich, dass er entweder mit Leben erfüllt und zu dem leicht nervös wirkenden kleinen Jungen wurde, der er wohl gewesen war, bevor er sich unter Drogen setzte und mich traf, oder es kam mir so vor. Ich hob meinen Arm, aber sofort griff seine Hand nach oben und packte meinen Unterarm in der Luft und zog ihn wieder herunter.

„Noch nicht", sagte er.

„Der Tanz ist vorbei", sagte ich. „Wie fühlst du dich?"

„Ich ...", sagte er und wartete eine Weile. „ ... halbwegs."

Ich bemerkte, dass er sich versteift hatte, vor allem im Rücken und im Nacken, und er umklammerte meinen Arm, als wollte er noch etwas sagen und konnte nicht, aber er schaute weiter auf das Feld, während nichts geschah, und ich beschloss, dass er wahrscheinlich so nahe daran war, bereit zu sein, wie er nur sein konnte.

„Mit mir stimmt was nicht", sagte er schließlich.

„Und was?", fragte ich.

„Ich kann es nicht sagen", sagte er und sah mich direkt an.

Seine Augen arbeiteten, und es war schwer, ihnen zu begegnen, wie es bei Kindern immer der Fall ist, und ich konnte nicht sagen, was sie dachten, oder ob es um mich ging, und mir war nicht klar, dass ich das jemals würde wissen wollen.

Ich muss erleichtert gewesen sein zu wissen, dass ein Gesicht wieder da war, wo es hingehörte, womit ich wohl ein Gesicht meine, das ich nicht mehr so ernst nehmen musste, oder von dem ich nicht mehr dachte, ich könnte mich damit identifizieren, aber ich erinnere mich an das Gefühl der Enttäuschung, dass er nur ein Kind war, oder immer noch ein Kind, und wie mich dieses Gefühl erschreckte.

„Ich habe dich wirklich lange angeschaut", sagte er, „aber ich kenne dich noch immer nicht."

ICH WÜNSCHTE

Als ich 10 Jahre alt war, spielten ein paar Freunde und ich in ein paar Büschen an einer Seite meines Vorgartens, der ganz grob an einen winzigen Wald erinnerte. Einer von ihnen hackte aus irgendeinem vergessenen Grund mit einer alten rostigen Axt Vertiefungen in den Boden, und ich kroch wie wild durch das Gestrüpp unterhalb davon, ich weiß nicht warum. Mein Freund hackte. Die Axtklinge spaltete meine Hirnschale auf. Hätte er mich nicht halb gesehen und den Griff leicht gelockert, wäre ich tot.

Ich wurde auf den Boden gequetscht, bewusstlos und mit einer vulkanischen, schlotartigen Wunde, die aus meinem sprießenden Hippiehaar hervorbrach. Meine Freunde flippten aus und rannten weg, und ließen mich entweder sterbend oder auf irgendeine Art überlebend zurück. Als ich zu einem passenden Zeitpunkt wieder aufwachte, verpulverte mein Kopf in alle Richtungen Blut, also mühte ich mich, auf die Beine, und rannte schreiend die Einfahrt hinauf.

Ich wurde gerettet, und dann monatelang aus der Schule genommen, während ich mich im Bett erholte. In den ersten Wochen waren die Schmerzen unerträglich. Sie konnten meinen Kopf nicht betäuben, weil mein Gehirn darin gefangen war, also gab es nichts, was man tun konnte. Ich wünschte mir ständig, ich wäre tot. Ich verwandelte meine Gedanken in ein Leuchtfeuer, das unaufhörlich ein SOS – oder das Gegenteil davon – an Gott oder wen auch immer sendete, und ich meinte es völlig ernst, aber ich wusste auch, dass es nicht passieren würde.

Als die Schmerzen schließlich etwas nachließen und ich an Dinge denken konnte, die ich tun würde, wenn ich nicht im Bett wäre und unfähig, mich auch nur einen Zentimeter zu bewegen, ohne pochende Kopfschmerzen zu bekommen, begann ich mich dafür zu interessieren, dass ich sterben wollte, obwohl ich wusste, dass ich nicht sterben würde, egal wie leidenschaftlich ich mir den Tod gewünscht hatte und wie sehr der Tod das Einzige war, das mir hätte helfen können.

Ich hatte das Gefühl, als ob mein Todeswunsch eine Art Logik enthielt, zu der ich mit meinen üblichen, übertrieben beschützerischen Gedanken keinen Zugang hatte. Dass ich bis dahin eine Art Schauspieler oder Selbsthypnotiseur gewesen war, und zwar nicht nur, wenn ich mit anderen Menschen verkehrte, sondern auch, wenn ich an andere Menschen dachte, was, alles in allem, fast immer der Fall war. Dass mein Wunsch vollkommen verständlich war, weil er mich kannte, im Gegensatz zu meinen Freunden.

Ich hatte das Gefühl, dass ich, als ich mir den Tod gewünscht hatte, der war, der ich wirklich war, ohne die Einmischung seitens der Welt oder der Prioritäten und Hoffnungen, die mich verunreinigt hatten durch das unbedeutende Bedürfnis anderer Menschen nach mir oder durch die Bücher, die ich unablässig las. Es war, als hätte ich mich selbst gefunden und wäre jemand gewesen, der nie die Dinge hatte, die ich wirklich wollte, schlicht nie haben würde, und den niemand vollständig verstehen würde. Ich glaube, das hat mich mehr gerettet als eine Operation.

Danach begann ich, mir etwas zu wünschen, wenn mir die schwere Umsetzbarkeit von Dingen schadete, aber mit viel Bedacht. Ich tat das, um zu verstehen, wer ich wirklich war und was ich eigentlich wollte, unabhängig davon, ob mein Wunsch in Erfüllung gehen konnte oder ob er gut oder schlecht für mich oder für andere war, denn die meiste Zeit wusste ich nicht, wer ich war.

Ich versuchte, mich selbst als Bewusstseinsform zu sehen, die wie ich aussah und dessen Sprechstimme darin untergebracht und durch mein miserables Englisch zensiert, aber auch außerhalb meiner Kontrolle, wie mein Bauchredner war. Ich benutzte diese Stimme, um mein öffentliches Ich zu repräsentieren. Und dann war da noch mein geheimes Ich, das Mitleid damit hatte, wie beeinträchtigt ich normalerweise war, und die weisesten Kräfte meines Verstandes plünderte, dann einen Gedanken verwendete, um klipp und klar zu sagen, „Ich werde dir einen Wunsch erfüllen, Dennis. Was willst du?"

Dann dachte ich so lange über die Frage nach, bis sie mich infiziert hatte, und überarbeitete und verfeinerte einen damit verbundenen Wunsch, zunächst gedanklich als Probelauf, um die Folgen abzuschätzen, wenn er in der realen Welt eintreten würde. Wenn der Wunsch mit Sex zu tun hatte, was fast unweigerlich der Fall war, testete ich mich selbst, indem ich masturbierte, abspritzte und dann den Wunsch auf prüdere Art neu bewertete und entschied, ob mein überragendes Ziel, abzuspritzen, mich zu sehr beeinflusst oder mir das Pendant zu einem Wahrheitsserum gegeben hatte.

Dieser Prozess konnte wochen- oder monatelang andauern, wobei ein unbedachter Wunsch immer weiter verfeinert wurde, bis ich das kompromissloseste und umfassendste Ziel, nach dem ich mich sehnte und das niemals in Erfüllung gehen würde, konstruiert hatte und von dem niemand sonst ahnen konnte, dass ich es wollte. Und wenn ich mich einmal entschieden hatte und diesen perfekten Wunsch äußerte, ihn nicht bekam und akzeptierte, dass mein Seelenfrieden dem Untergang geweiht war, dachte ich, ich wüsste genau, wer ich sei, und hörte auf, es mir zu wünschen.

Ich dachte, mein Wunschritual würde langsam verstummen oder zweckentfremdet werden, wenn ich Schriftsteller werde, oder wenigstens ein Schriftsteller, gut genug, um meinen Gedanken in irgendeiner Form gerecht zu werden und sie veröffentlicht und gelesen zu wissen. Ich nahm an, dass die Sache mit dem Schreiben aus demselben Impuls heraus entstand, aus dem ich meine innersten Probleme lokalisieren und abstellen musste. Ich dachte, das Schreiben würde diesem Zeugs nur eine feste Form geben, und wenn es sicher in Buchhüllen versiegelt ist, könnten die Leser mich enträtseln, wenn sie wollten. Aber das war nicht der Fall.

Stattdessen unterteilte mich mein Schreiben nur wieder. Ich wurde zu einem Halb-Menschen, der mit anderen Menschen nett umging, und einem anderen Halb-Menschen, der das geschriebene Wort verwendete, um die Leser herauszufordern, mein geheimes Ich punktuell zu akzeptieren, und ein weiteres Teil-Ich wollte etwas so Abnormales, dass selbst das unübertroffene Distanzierungsmittel der nuancierten, luftdichten Wortwahl es nicht anderen Menschen überbringen konnte.

Beim Schreiben zeichnete ich eine stilisierte Landkarte, die den allgemeinen Standort meiner Wünsche anzeigte. Ich versuchte, die Karten clever, witzig, verstörend und erotisch zu gestalten, damit es genauso beängstigend oder aufregend wirkte, sich die Dinge, über die ich schrieb, vorzustellen, wie sie niederzuschreiben, so ähnlich wie die rosigen Illustrationen, mit denen die Attraktionen in den gefalteten Karten dargestellt werden, die man am Eingang von Vergnügungsparks bekommt.

Ich glaube, die Wünsche haben immer um Liebe geworben. Ich glaube, irgendwann habe ich beschlossen, dass ich nicht wirklich tot sein wollte, als ich mir den Tod gewünscht habe, sondern dass ich wollte, dass der Tod mich so sehr liebt, dass er mich tötet und mitnimmt. Wenngleich ich nicht glaube, dass ich das schon lange wusste. Ich glaube, ich dachte, dass es bei den Wünschen, die ich so zeitaufwendig konstruiert hatte, darum ging, wilden Sex zu haben, denn das war der Kern dessen, was in ihnen geschah.

Als ich niemals dachte, ich könnte geliebt werden, oder nicht realistischerweise, oder nicht von einer realen Person, die wirklich eine Wahl hatte, womit ich Menschen außerhalb meiner Familie meine, was den Großteil meines Lebens abdeckt, dachte ich mir Situationen aus, in denen sich das Entsetzen darüber, nicht geliebt oder von jemandem, den ich mir, zum Beispiel, aus den Reihen der süßesten Jungs von Los Angeles angeblich aussuchen konnte, zurückgewiesen zu werden, am intensivsten anfühlte.

Und da Abzuspritzen das intensivste Ergebnis war, das ich kannte, gestaltete ich sie immens sexuell, und, um zu versuchen, die Explosion so ungebändigt werden zu lassen, wie sich geliebt zu werden in meiner Vorstellung anfühlte, machte ich meine Fantasien für alle Beteiligten so beängstigend und chaotisch wie möglich, aber besonders für mich, da ich real war. Ich wollte, dass die Orgasmen, die sie hervorriefen, wie selbst zugefügte tödliche Wunden waren, oder vielleicht wohl eher so, als würde man von einem Defibrillator zurück ins wirkliche Leben geschockt werden.

Als ich noch sehr jung war, wünschte ich ziemlich behutsam, als wäre ein Wunsch ein neues Auto und ich der frischgebackene Führerscheininhaber. Ich dachte, wenn ich mir wünschte, die Menschen in meinem wirklichen Leben zu verändern, würde ich, was sie und mich betrifft, zu sehr durcheinandergeraten und verrückt werden oder so. Also habe ich mich, zum Beispiel, auf süße junge Schauspieler in Fernsehsendungen oder süße junge Popsänger fixiert, weil sie genauso leer und unrealistisch waren wie mein geheimes Ich.

Ich dachte, es wäre sicher, innerhalb dieser Wünsche zu spielen, und sie könnten aus meinem Gedächtnis verschwinden wie Märchenbücher aus den Regalen der heranwachsenden Kinder, was sie anscheinend auch taten, denn an die allermeisten davon kann ich mich nicht mehr erinnern, abgesehen von einem Wunsch, den zu perfektionieren so anstrengend gewesen zu sein scheint, dass ich versuchte, sein Treiben sofort in einem Tagebuch festzuhalten, das ich vor einigen Jahren bei meinen Sachen fand.

Dieser Wunsch, den ich über mehrere Wochen hinweg manchmal stündlich überarbeitete, als ich 13 war, betraf eineiige Zwillingsbrüder, die Schauspieler in einer kurzlebigen Fernsehshow waren, die ich mochte. Diese Show war *Die Monroes*, und sie spielte vielleicht in der Wildnis von Montana, als Familien mit dem Planwagenzug einen Weg Richtung Westen bahnten, dann Waldparzellen besetzten, Hütten bauten und versuchten, neue, anarchistische Leben endloser Versprechungen oder was auch immer anzufangen.

Die Zwillinge, gespielt von den blassen, langhaarigen, jugendlichen Schauspielern Keith und Kevin Schultz, waren die jüngsten einer Reihe von Geschwistern, deren Eltern von amerikanischen Ureinwohnern oder so getötet worden waren und die sich daraufhin zu einer Familieneinheit zusammenschließen mussten, mit dem ältesten Bruder-Schwester-Gespann als Lückenbüßer-Mom und -Dad und den zu Pseudo-Söhnen umfunktionierten Zwillingen, die die anderen, ohne eine Wahl zu haben, kontrollieren mussten.

Diese Zwillinge waren sehr niedlich, vermutlich um junge Mädchen zum Zuschauen zu bewegen, aber sie konnten überhaupt nicht schauspielern. Damit sie adäquat fungierten, ließ sie der Regisseur der Show beinahe monoton sprechen, ihre Gesichter ganz stillhalten und sogar ihre Körper steif bewegen. Sie schienen ewiglich gelangweilt zu sein, selbst wenn es erforderlich war, wütend, verängstigt oder hysterisch rüberzukommen, was es, wie ich mir vorstellen könnte, langweilig machte, ihnen zuzusehen, außer wenn man sich wie ich von ihrem Aussehen angezogen fühlte, was sie süchtigmachend mysteriös werden ließ.

Die Zwillinge waren hauptsächlich dazu da, die lästigen Pflichten ihrer älteren Geschwister zu veranschaulichen. Trotzdem wirkten sie eher wie Familienkatzen, frei umherschwirrende Leckerbissen, die in jeder Folge ein paar Mal kamen und gingen und deren Erscheinen von den anderen eher bemerkt als mit Zuneigung begrüßt wurde. Ich vermute, wenn ihre älteren Geschwister dem hölzernen Duo zu viel Interesse entgegengebracht hätten, hätten sie vielleicht so besessen wie Pädophile gewirkt.

Also wurden die Zwillinge gebeten, peripher ständig in Schwierigkeiten zu geraten, d. h. von Gesetzlosen gefangen genommen zu werden, fast von Bären gefressen zu werden, in Schluchten zu stürzen, an Malaria zu erkranken usw., um so im Großen und Ganzen die Handlung voranzutreiben und die Tapferkeit und Dummheit ihrer Nebenfiguren zur Schau zu stellen, ohne die Aufmerksamkeit von den wöchentlich auf die Probe gestellten Fähigkeiten ihrer älteren Geschwister als anständige Eltern abzuziehen.

Sie waren wie Fehler oder Schwächen, und ich scheine beschlossen zu haben, dass ein gut ausgestatteter Wunsch die perfekte Gelegenheit sein könnte, um ihre Rollen aufzuwerten und zusätzlich herauszufinden, was mich an ihnen faszinierte, und über diesen Ersatz besser mit der Unverfügbarkeit all derer zurechtzukommen, die ich romantisch oder sexuell begehrte, aber nicht den Mut oder das Aussehen hatte zu verzaubern.

Meinen Notizen zufolge begann mein Wunsch sein kurzes, aufgewühltes Leben voller Respekt. Ich wünschte mir, ich würde in demselben fiktiven Wild-West-Teil der Fernsehserie leben, und dass die Zwillinge keine schlechten Schauspieler, sondern unglaublich lakonische historische Figuren wären und dass meine Eltern ebenfalls von Indianern oder so getötet worden wären, woraufhin die älteren Geschwister mich widerwillig adoptierten.

Mein Ausgangspunkt als neuer Sohn war, Keith und Kevin Schultz jenes Interesse zu zeigen, das keinem früheren Darsteller ins Drehbuch geschrieben worden war – darauf setzend, dass sie tief in ihrem Inneren nach Aufmerksamkeit lechzten und dass ich ihre katatonischen Neigungen untergraben und uns alle drei ins Bett bringen könnte. Aber ich erkannte schnell meinen Fehler. Ihr unerbittlicher Stoizismus war nicht gummiartig. Er war durch mangelndes schauspielerisches Talent in Stein gemeißelt worden, und mein Wunsch ließ keine Vorarbeiten außerhalb der Show zu.

Ich konnte also nicht sagen, ob mit ihnen unter einer Decke zu stecken und zu flirten, ihrer allgemeinen Malaise lediglich die wiederkehrende Nebenhandlung „Mit dem schwulen Sohn fertigwerden" hinzufügte. Sie schienen eher von mir hypnotisiert als wirklich interessiert zu sein, und angesichts meiner Bedürftigkeit und meines Wunsches, meinen Ständer wieder unbemerkt in meiner Hose baumeln zu lassen, wo er hingehörte, wurde das schnell frustrierend.

Also revidierte ich den Wunsch. Ich wurde ein „böses Kind", das gecastet worden war, um die Schüchternheit des Duos zu nutzen, um sie leicht davon zu überzeugen, dass, sagen wir, Gras zu rauchen und dann mit mir Sex zu haben, keine größere

Herausforderung war, als sich vor einem als Bär verkleideten Mann zu erschrecken. Mich zusammen mit ihren süßen, aber steifen Körpern nackt auszuziehen, sättigte mich in einer Hinsicht, aber nachdem ich abgespritzt hatte, fühlte ich mich dennoch dadurch verletzt, dass sie einfach dazu zurückkehrten, mich mit leeren Augen anzustarren.

Als Nächstes wünschte ich mir, dass sich einer von ihnen in mich verliebt, wenn er es auch nicht zeigen konnte, und dass der andere Zwilling unter seiner ruhigen Oberfläche so eifersüchtig wird, dass er seinen Bruder in einem gewalttätigen Wutanfall tötet. Meinen Notizen zufolge fand ich diese Aufwertung interessant, denn angesichts der Tatsache, dass sie gleich aussahen und dachten – oder besser gesagt, kaum dachten –, fühlte sich der Mord weniger nach Tragödie als bloß nach Reduktion oder Rationalisierung an.

Aufgeregt verbrachte ich mehrere Tage an Einträgen, mir zu wünschen, dass der Brudermord immer schrecklicher ausfiele. Da dieser Wunsch schon vor meiner Bekanntschaft mit Sade bestand, war er nicht allzu blutrünstig. Seine Gewalttätigkeit zeigte mir lediglich, was dessen schwerfälliges Gesicht nicht vermochte, dass er gewaltig verliebt war. Kurzum, er schlug seinem toten Ebenbild mit Steinen den Kopf zusammen, während ich ihn liebevoll mit Entsetzen anlächelte. Oh, ich sollte sagen, dass ich mich nicht schuldig fühlte, denn der Mörderzwilling hatte mich an einen Stuhl gefesselt und zwang mich, zuzusehen.

Aber irgendwann wurde mir klar, dass trotzdem etwas fehlte. Ich wollte, dass Keith und Kevin Schultz wussten, dass ich ich war und nicht ein anderer Schauspieler, der etwas in ihren Drehbüchern tat, was sie dazu veranlasste, heftig zu outrieren. Also erhöhte ich den Einsatz noch weiter und machte meinen Wunsch noch Auge-Gottes[1]-ähnlicher. Ich verwandelte

---

[1] *Ojo de Dios* – ein vor allem in Lateinamerika verbreitetes gewebtes Objekt, dem einem Talisman ähnlich Schutzfunktion zugesprochen wird.

die Kulissen und das Konzept der Serie zu den Unwahrheiten, die sie waren, und ich machte die Zwillinge und mich zu jungen Schauspielern, die darin arbeiteten und in Hollywood oder sonst wo lebten.

Ich machte den Regisseur der Fernsehsendung zu einem superbösen Typen, der so besessen von Keith und Kevin Schultz war, dass er eine gefakete Fernsehsendung ausheckte und finanzierte und sie darin „besetzte", damit er sie nackt und vergewaltigt haben konnte und so weiter. Ich ließ ihn die Hütten-Kulisse der Show benutzen, so wie Leute, die Snuff-Filme drehen, die Keller benutzen, in die sie ihre Gefangenen schleppen. Und ich war auch unter den Darstellern, aber wieder an einen Stuhl gefesselt.

Aber als ich verlangte, dass die Schultzes so echt wie ich sein sollten, mit Leben und Freunden und dem ganzen Mist, über den ich Bescheid wissen musste, um sie darzustellen, stieß ich auf eine Mauer. Die einzigen Hinweise fanden sich in Magazinen wie *Tiger Beat*, deren Mission es war, jeden Star, den sie groß anpriesen, zum perfekten Tussi-Köder aufzubereiten. Wie jedes andere Idol wurden auch Keith und Kevin als nette, zurückhaltende Jungs porträtiert, deren Liebe zu Mädchen so pauschal war wie der gedruckte Text in einer Valentinskarte.

Diese Einschränkung wäre vielleicht keine große Sache gewesen, wäre ich ein normales masturbierendes Kind gewesen, aber die Sache mit dem Wünschen war für mich viel ernster, wie ich bereits erklärt habe. Ich betrachtete meine Wünsche als eine Art Entscheidung über Leben und Tod, und ich wollte, dass das, was ich mir wünschte, mich besiegte, wenn es nicht lebendig werden konnte. Und egal, wie sehr ich die Schultz-Zwillinge einer Überholung unterzog, sie waren es nie wert. Der letzte Satz in meinem Wunschbuch lautete „Scheiß auf sie".

In meinen späteren Teenagerjahren entdeckte ich sogenannte Serienmörder. Ich beschloss, dass sie wie Ur-Figuren des Großen Bruders meiner wünschenden Seite waren. Der Schwanz ohne Hirn, im Grunde genommen. Diese Ressource heimzusuchen, löste mein Problem mit dem Wünschen für eine Weile. Denn die ermordeten Jungs waren rätselhaft und ungefährlich wie Fernsehfiguren, und fast real, oder real genug, da sie aus den Nachrichten stammten, aber nicht gefährlich real, da sie zu dem Zeitpunkt, an dem ich wusste, dass sie überhaupt gelebt hatten, schon tot waren.

Plötzlich schien der Sex, den ich echten Jungs wünschte, psychologisch in Ordnung zu sein, so als würde man angezündete Feuerwerkskörper auf jemanden in einem Sarg werfen. Wenn man die Nachrichtenberichte las, welche die Opfer als Prostituierte, Drogensüchtige oder psychisch Kranke taxierten, waren die Versprechungen, die ihr Leben ihnen und allen anderen gemacht hatte, so gering, dass man verstehen konnte, warum geile Psychos ihre Morde als simple Abänderungen rechtfertigen konnten.

Besonders besessen war ich von Robert Piest, dem letzten von John Wayne Gacy ermordeten Jungen, und dem Verbrechen, das schließlich zu dessen Verhaftung führte. Mir gefiel Piests Aussehen, das, zumindest in grobem Zeitungsdruck, unheimlich an George Miles erinnerte, von dem ich, wie Sie inzwischen wissen, unbedingt geliebt werden wollte, der aber zu launisch aussah, um aus ihm ein Süßer-Kerl-Objekt zu machen, das man haben konnte, indem man sich nackt auszieht, also habe ich das auch nicht getan.

So wurde Piest mit seinem eingefrorenen Gesicht und seiner unbeschreiblichen Körpersprache und Statur, die durch Highschool-Turnen erschlichen war, wie es in den Zeitungspamphleten immer hieß, vermutlich, um dem Albtraum, den er durchgemacht hatte, auch noch Eifer hinzuzufügen, zu einer Art Aufbewahrungsort und Ebenbild von George, und in meiner geheimen Welt, in die ich ihn nie zu bringen gewagt hatte, wurden er und Piest fast ununterscheidbar.

Mir gefiel, dass Piest weder ein Drogensüchtiger, noch Prostituierter oder Krimineller war wie die anderen Opfer von Gacy, und somit etwas weniger dazu verdammt war, so oder so jung zu sterben, was seinem Tod den Hauch von Verwüstung verlieh, den ich brauchte, um auch nur ansatzweise daran zu denken, dieser könnte indirekt zu Georges Tod einen Bezug haben. Gleichzeitig wurde Piest in jedem Mini-Nachruf als, wenn auch intelligenter als Gacys übrige Bauernopfer, unmotiviert bezeichnet. Wenn ich mich recht erinnere, wollte er erwachsen werden, um in einer Autowerkstatt zu arbeiten.

Gacy hatte sich so verhältnismäßig wertvolle Jungs, die man mit größerer Wahrscheinlichkeit vermissen würde, wie Piest, immer versagt, aber der Junge hatte etwas an sich, das ihn gewandelt hat, vielleicht sogar, so stellte ich mir vor, dasselbe Was-weiß-denn-ich, das mich dazu brachte, mir Georges Liebe zum Ziel zu setzen, statt die von Menschen, die sie fühlen und zeigen konnten. Und die Ermordung von Piest hatte, im Vergleich zu Gacys anderen, etwas so Monumentales, dass das, was über diesen Tod bekannt ist, unter Serienmörder-Fans für seine Poesie legendär ist.

Was man gesichert weiß, ist, dass Gacy Piest irgendwo entdeckte, beschloss, ihn zu töten, und ihm einen Schnelles-Geld-Für-Kurzzeit-Reparatur-Job in Gacys Haus anbot, und dass Piest annahm und zu irgendeinem verabredeten Zeitpunkt bei Gacy auftauchte, um besagten Job zu erledigen. Danach, das weiß niemand so recht, aber entweder verweigerte Piest, als er draufkam, dass der Job darin bestand, gefickt zu werden, oder Gacy war von Piests Klasse so eingeschüchtert, dass er keinen Ständer bekam. Anstatt Piest zu vergewaltigen, sagte er also so etwas wie, „Lass mich dir meinen Seiltrick zeigen, und ich lass dich gehen."

Gacy legte Piest eine Art seltsames Schlingending aus Seilen, die an Stöcke gebunden waren, um den Hals und drehte die Stöcke, dann sah er zu, wie der Junge zu Tode stranguliert wurde. Als Piest starb, schaute Gacy zu einer Glühbirne auf, die von der Decke hing, und etwas offenbar Tiefgreifendes geschah in Gacys Kopf, das niemand je erfahren wird und von dem selbst Gacy sagte, es sei unbeschreiblich, und er schaute fasziniert auf die Glühbirne und sagte, „Licht".

Ich wollte verstehen, was „Licht" bedeutete und warum Gacy Piest nicht vergewaltigt hatte, obwohl er es so mühelos hätte tun können, und ich wollte nicht jemand sein, der so versteckt und abgesondert ist, dass er zulässt, dass jemand, der George sein könnte, getötet wird. Also stellte ich die Zeituhr in einem Wunsch auf kurz vor Gacys Liquidierung durch Piest und machte mich selbst zu dessen hoffnungslos verschossenen Freund, der sich ihm immer anschloss, und ich ließ Gacy einfach Gacy sein, weil es mir schon immer schwergefallen war, mir den Antrieb von Mördern von Grund auf vorzustellen.

Ich habe Dutzende, wenn nicht Hunderte von Wünschen kreiert, die sich in einer leicht abgewandelten Version des echten Tatorts abspielten. Ich war dort, gefangen, aber nicht süß genug, um in irgendeiner Erregtheit oder so getötet zu werden, also war ich grausamerweise gezwungen, nicht nur zuzusehen, wie mein hoffnungslos Angebeteter umgelegt wurde, sondern auch, ihn nie auch nur nackt zu sehen, geschweige denn zu ficken. Mein Wunsch konzentrierte sich auf den Versuch, mit meinen magischen Kräften, diese schreckliche, deprimierende Situation umzugestalten.

Eine Zeit lang versuchte ich, den Aufbau des Mordes in eine Art Gerichtssaalszene zu verwandeln, mit Gacy als Richter und mir in der Rolle meines eigenen Anwalts, manchmal unter dem Vorwand, Piests höchsteigene Interessen zu vertreten, und manchmal, indem ich ihn als Beweismittel gegen sich selbst benutzte, den ich vor Gericht brachte, um meinen eigenen Interessen zu dienen. Da Gacy das letzte Wort, und zwar meines, hatte, schien mir der Fall sehr klar.

Ich sagte dann zum Beispiel zu Gacy: Wenn du ihn tötest, wirst du geschnappt werden. Er sagte: „Wenn ich ihn gehen lasse, wird er es verraten und ich werde auf jeden Fall geschnappt." Warum vergewaltigst du ihn dann nicht vorher, fragte ich dann. „Weil er zu gut für mich ist." Das ist ein Grund mehr. „Sag das meinem Schwanz." Dann lass mich ihn ficken. „Ich dachte, er ist dein Freund." Ist er auch, aber du wirst ihn umbringen, also ist das meine einzige Chance. Außerdem könntest du zusehen. „Aber wenn es mich anmacht, würde ich dich auch umbringen." Dann sieh nicht zu, lass mich ihn einfach ficken, weil ... warum nicht, und was macht es schon für einen Unterschied?

Als Piest im Zeugenstand war, sagte ich: „Falls ich Gacy töte, was ich kann, weil diese Situation hier mein Wunsch ist, wirst du mich dann lieben?" Er sagte dann: „Na ja, vielleicht mangels Konkurrenz." Was wäre, wenn ich sagen würde, dass du dich umbringen wirst, wenn du 30 wirst, und dass dein Leben noch höllischer werden wird, und ich der Einzige bin, der dich liebt, auch wenn du unausstehlich bist. „Wenn es so oder so höllisch ist, wozu dann die Mühe?" Um nicht so allein zu sein. „Ich bin allein und selbstmordgefährdet, seit wir uns kennen." Dann lass mich dich ficken, wenn ich Gacy töte. „Warum?"

Lange Rede, kurzer Sinn, Ich versuchte mit allen Argumenten, die mir die Realität aufgezwängt hatte, Gacy dazu zu zwingen, entweder Piest zu verschonen oder mir zu erlauben, ihn zuerst zu ficken, und in späteren, ausgefeilteren Versionen rief ich sogar einen Kliniker in den Zeugenstand und verwendete scheinbar grundlegende Logik, um ihn davon zu überzeugen, damit er es an Piest weiterverkauft, warum es gut für ihn wäre, mich zu lieben, Punkt, und auch clever, weil sogar ein Psychopath wie Gacy vielleicht, nur vielleicht, den Status der Liebe respektieren und uns gehen lassen würde.

Die Dinge wurden mit der Zeit immer schmutziger und pikanter, aber das erspare ich Ihnen. Egal, wie sehr ich an dem Wunsch herumdokterte, die Gehirnwäsche funktionierte nicht bei Piest, der allen Grund dieser scheiß Welt hatte, mich zu lieben, oder zumindest überzeugend zu lügen. Und was schließlich allem den Garaus machte – und das scheint sich gut zu treffen, ist aber wahr – war, dass ich LSD nahm, dessen Geist-übertrumpft-Körper-Doktrin schluckte und den fatalen Fehler meines Wunsches entlarvte. Sex, oder viel mehr Begierde: Gacys, Piests Mangel daran, und vor allem meine, da sie diesen dummen Schwertkampf angefangen hatte.

Das brachte mich zum Ausgangspunkt meiner Wünsche zurück, dem Verlangen zu sterben, und wie groß und rein und erschreckend und extrem egoistisch und doch möglicherweise selbstlos das gewesen war. Mir wurde klar, dass mein Ehrgeiz auf dem Weg dorthin zerhackt worden war und dass ich wie – ich glaube, das war mein Vergleich – Orson Welles endete, nur dass ich zu geil war, um ein weiteres Meisterwerk zu schaffen, und nicht zu pleite. Also masturbierte ich bis zu dem Punkt, an dem mir Sex wie ein Gähnen vorkam, und äußerte dann einen allerletzten Wunsch.

Ich tauchte bei Gacy auf, und was dann geschah, klingt jetzt, da ich mein geheimes Ich so weit kompromittiere, um dies zu tippen, so vorherbestimmt – das, was ich für Liebe für Piest gehalten hatte, verschwand auf der Stelle, nicht, dass es je gewesen wäre, und die Vorstellung, mit ihm Sex zu haben, erschien mir seltsam und morbide. Ich wog ab, welche Möglichkeiten ich noch hatte, dann ließ ich ihn grausam sterben, ließ Gacy eine Glühbirne entdecken, „Licht" sagen, ins Gefängnis gehen und in Frieden hingerichtet werden. Mit anderen Worten, ich habe mir kaum etwas gewünscht.

Dann habe ich endlich meine Wünsche auf die Menschen in meinem Leben oder in dessen Peripherie losgelassen und mich direkt der Liebe zugewandt. Sex auch, aber der war nur wie eine Treppe, die ich hinaufstieg, um mein Ziel zu erreichen. Ich wählte unter Typen, die in unterschiedlichem Maße verfügbar waren, und das Wünschen wurde allmählich zu einer Art technischer Übung, die jede Person, die sich darin zu schaffen machte, so austauschbar ideal erscheinen ließ, dass mich niemand mehr erkannte, oder ich sie.

Das Problem, oder vielleicht das schlimmste von vielen Problemen, war, dass die Liebe, die meine Fantasie als Endpunkt konstruiert hatte, nicht durch einfaches Hin-und-Her zu bekommen war, nicht einmal mit Neurotikern. Mein Wunsch hatte ganz oben angefangen, indem ich wollte, dass der Tod mich liebt. Ich meine total verschlingt, mysteriös und ohne Gegenleistung, allem anderen ein Ende setzend.

Schließlich hörte ich auf, mir etwas zu wünschen, außer ganz normales Zeug wie Geld. Ich habe George nie wieder in einem Wunsch verwendet, obwohl er rückblickend so unbegreiflich war, so verschwommen, jemand, von dessen Liebe man sich so schwer vorstellen konnte, sie würde sich zeigen, dass die Vorstellung, Liebe von ihm würde mich hinwegraffen, vielleicht funktioniert hätte, was auch immer ich über die Bedeutung von „funktionieren" gedacht habe. Wir blieben reale Typen, die sich mit dem Tumult seiner Geisteskrankheit herumschlugen und darauf warteten, dass dieser verschwand oder ihn tötete.

Ich träumte immer noch davon, George neu zu erfinden, aber nur im Rahmen der Geschütztheit meines Schreibens, Gedichte und schreckliche Kurzgeschichten zum damaligen Zeitpunkt, und später Romane, fünf an der Zahl, in denen ich versuchte, ihn auf den Punkt zu bringen, ihn sexier zu machen, oder halb-zurechnungsfähig, oder so süß, dass sein Inneres keine Rolle spielte, manchmal mit Namen, manchmal umbenannt und mit ähnlichen, jedoch heißeren Körpern, anderen Talenten, anderen Problemen ausgestattet, damit man, wenn man will, herausfinden kann, wie schrecklich es ihm in jeglicher Abart erging: George, David, Kevin, Ziggy, Robin, Chris, Drew, Sniffles, Egore, Dagger, George.

Ich habe die Bücher geschrieben, weil ich dachte, George würde den Zyklus lesen und sagen, „Wow, du denkst, dass ich so viele Möglichkeiten habe, du findest mich so inspirierend, du wolltest mich viel spektakulärer jung sterben lassen, als ich das auf meine langweilige Art wollte, dass du mich lieben musst, ich meine, müsstest, und ich muss dich auch lieben, wie könnte ich das nicht, nach all der Arbeit, die du geleistet hast, und das tue ich", aber er hat sich umgebracht, bevor das erste Buch überhaupt veröffentlicht wurde.

Als George 18 war, fand er ein brauchbares Medikament. Es verschmolz jene Hälfte von ihm, die nicht aufhören konnte, herumzuzappeln und in rasender Geschwindigkeit all das zu sagen, was ihm in den Sinn kam, mit der anderen Hälfte, die im Bett lag und starrte. Er würde nie ein vollkommenerer George werden, und es war irgendwie möglich zu denken, dass dieser sehr seltsame Typ George war und nicht nur eine experimentelle Komposition, die hervorgebracht wurde, wenn beide widersprüchlichen Takte gleichzeitig gespielt wurden.

Selbst dieser unstabile George erschien mir wie eine Art Wunder, und ihm auch, solange diese Medikation wirkte und er durchhielt. Und was ich mir damals am meisten von ihm gewünscht hatte, geschah, ganz in echt. Irgendein Defekt der Medikation verkehrte seine Manie in eine Sexsucht, und wir hatten Sex, als würden wir miteinander um ein Messer ringen, und unser erschöpftes Kuscheln danach fühlte sich wie Liebe an, zumindest für mich, manchmal stundenlang.

Die Pille wirkte, bis er Mitte 20 war. Dann brach er wieder auseinander. Wir versuchten, uns wieder zu Freunden umzumodeln, was wir nie wirklich gewesen waren. In diesem Alter „hingenommen" zu werden, war zu düster für George. Er sprach nicht mehr mit mir. Ich zog weg, so weit weg, dass ich in meiner Wohnung kein Telefon hatte. Meine Briefe an ihn prallten ab. Ich dachte oder wünschte mir, eine andere Pille hätte ihn schließlich eins werden lassen. Erst Jahre nach seinem Tod wurde mir klar, dass ich mich geirrt hatte.

Georges Zustand verschlechterte sich. Nach drei unfreiwilligen Psychiatrieaufenthalten hörte er auf, so zu tun, als sei er zurechnungsfähig. Er drohte, ein Mädchen zu töten, das er nicht liebte, aber von dem er geliebt werden wollte, und wurde verhaftet. Er musste bei seinen Eltern einziehen, und ich vermute, oder kann nur vermuten, da ich ihn so gut kannte wie niemand sonst, dass er zu diesem Zeitpunkt schon wusste oder zu wissen glaubte, dass er nie aufhören würde, unter dem Deckmantel zu explodieren, und dass es ohnehin keinen Deckmantel mehr gab.

Im Januar 1987 nahm George eine Überdosis Tabletten, die nicht wirkte. Zwei Tage nach seiner Entlassung aus dem Krankenhaus versuchte er, sich umzubringen, indem er das

Auto seines Vaters zu Schrott fuhr, aber er überlebte. Zu diesem Zeitpunkt gab seine Familie ihn auf. Er kaufte eine Pistole und versteckte sie einige Tage lang. An seinem 30. Geburtstag pustete er sich in seinem Schlafzimmer das Hirn weg, während er Nick Drake zuhörte, der traurig zu ihm über das sang, was er vermeintlich als Tod vernahm.

Man kann einen Film basierend auf *Peter Pan* drehen und einen hübschen Jungen mit dem nötigen Mindestmaß an Talent darin besetzen, aber er kann nie mehr sein als der Zwischenspeicher oder das Rettungsboot der berühmten Illustrationen, die die Geschichte deformiert und das Aussehen ihres Darstellers vorgezeichnet haben. Zeichnungen können nur hoffen, die Ähnlichkeit einer Figur zu treffen, und sie sind nur Ablenkungen von dem Wunsch, der in dem Autor erstarb, als er ihn niederschrieb, wie auch immer der war.

DER KRATER

Um 3 Uhr nachts, oder wann auch immer es stattfindet, heißt Leben in San Marino, Kalifornien, nicht viel, aber es ist, was es ist.

Eine Pistole gibt einen Schuss ab in einem Haus, und jetzt heißt es etwas für die dort.

Andere im Haus, Mutter, Bruder, werden unsanft geweckt. Sie denken über das Geräusch nach, erkennen es, und das war's.

Es ist das am wenigsten Überraschende aller Zeiten. Oder nicht Es, oder dass Es passiert ist, oder mit einer Pistole, oder dass sie Es hören mussten, oder warum jetzt, sondern warum.

Der Bruder, jetzt wach, jetzt nur der Bruder, steht vor der lauten Tür. Er hört Nick Drake. Er sagt, „George", laut genug, um die Tür und Drake zu durchdringen, aber es ist keine Frage.

Seine Mutter ist hinter ihm im Flur, er spürt es, aber er ist zu schockiert, um sich umzudrehen und zu sagen, „Komm nicht."

Was fühlen sie? Ich weiß es nicht, aber es muss sehr hässlich sein, denn so viel davon ist Hass.

Die Tür ist verschlossen. „George ... George... George."

George, keine Ahnung, sitzt, nach vorne gebeugt. Blut fließt aus seinem Mund und seiner Nase. Das wurde mir gesagt. Da ist ein Krater in seinem Kopf. Dem oberen, hinteren Teil. Er ist voller zerfetztem Hirn, Schädel und Blut. Er hat in seinen Mund geschossen, wurde mir gesagt, also müsste das dort sein.

Der Krater kann weder sprechen noch etwas tun. Er braucht einen Künstler.

Der Bruder tritt die Tür ein. Der Raum ist sehr klein, und er sieht, was ich beschrieben habe. Das, was ich beschrieben habe, wird das Einzige sein, was er sieht, wenn er sich an George erinnert, von jetzt an und noch bestimmter, wenn er sich einmal entscheiden muss, ob er einen Behälter mit Asche auf dem Kaminsims seiner Mutter ansehen oder sich an das hier erinnern soll. Das wird wie Georges Albumcover sein.

„Nicht, Mom, nicht", sagt er.

Jemand ruft Rettung, und sagen wir mal, ein Fahrzeug trifft ein. Zwei Männer in Uniform steigen aus, beide Männer, da man Frauen in den 80ern nicht zutraute, über so viel Trauma stehen zu können. Sie betreten das Haus. Einer ist älter, taff. Der andere ist jung und hat den Job aus unterschiedlichen Gründen angenommen.

Man zeigt ihnen Georges Körper und sie hassen ihn.

Der Jüngere, Joe, ist derjenige, der sich um die Leiche kümmern muss, und der Ältere, der einen anderen Namen trägt, ist derjenige, der ins Wohnzimmer gehen und der Familie Fragen stellen muss, um dann über ihr Telefon einen Bericht durchzugeben.

„Wie alt", fragt der Ältere.

„30", sagt Georges Mutter. „Er hat heute Geburtstag."

Den Rest kann man sich denken.

In zwei Tagen wird George zu Asche werden. Er wird 4,7 Pfund wiegen. Es wird eine Beerdigung geben, zu der fast niemand eingeladen ist – der entfremdete Vater, Kiffer aus dem Park, mit denen George angefangen hatte, herumzuhängen, Leute, die George als Kind erlebt und ihn seitdem nicht mehr gesehen haben. Sie werden mich nicht einladen. Sie könnten im Haus meiner Mutter anrufen und versuchen, mich zu erreichen, aber das werden sie nicht. Nick Drake wird nicht gespielt werden. Es wird keinen Nachruf in der Lokalzeitung geben. Keiner in der Familie wird ihn schreiben wollen. Sie werden das Zimmer umgestalten, das Haus verkaufen, umziehen. Sie werden es den neuen Besitzern nicht sagen. Sie werden einfach einen furchtbaren, kranken, deprimierenden Mann auslöschen.

Joe ist in dem Zimmer und erledigt die ihm zugewiesenen Aufgaben. Er betrachtet die Leiche aus verschiedenen Blickwinkeln, detailliert, aus der Nähe, das blutige Gesicht, den blutigen Boden, die Waffe, die Hand, auf der sie liegt, immer wieder schreibt er Notizen oder kreuzt Kästchen auf einem Formular an, das an einem Klemmbrett befestigt ist.

Er schaut immer wieder auf den Krater, er kann nicht anders. Er hat keine Gefühle, von denen er wüsste, und die Wunde fasziniert ihn, obwohl sie so ist, wie sie ist, und es nichts darüber zu notieren gibt.

„Warum bist du so interessiert?", fragt der Krater. Die Stimme ist männlich, wie die des Körpers, aber nicht so schrill, wie man es von jemandem erwarten würde, der sich so etwas antut, und der Krater ist nicht synchron mit ihr, bebt vielleicht sogar wie ein Subwoofer.

Joe erschrickt, aber er erschrickt immer, wenn so etwas passiert. Der Tod ist so unbekannt.

„Ich bin ein Künstler", sagt er. „Ich betrachte alles künstlerisch. So ist es einfacher."

„Ich war auch ein Künstler", sagt der Krater. „Oder ich habe versucht, einer zu sein."

„Was für einer?", fragt Joe.

„Mein Körper hat Gitarre gespielt", sagt der Krater.

Joe tut wieder, was man ihm sagt. Der Krater ist schon eine Weile still, vielleicht ist er ja gestorben.

„Bist du da?", fragt Joe ihn.
„Ich denke", sagt der Krater.
„An was?", fragt Joe.
„Einen Freund", sagt der Krater.
„Einen guten Freund?", fragt Joe.
„Ja, aber nicht gut genug", sagt der Krater.

FINALE
(1976)

Ich bete den Boden an, auf dem er geht. Ich wünschte, es gäbe eine Möglichkeit für mich, euch wissen zu lassen, dass dieses Klischee herausgeplatzt kam in die Sprache hinein, dass ein Impuls, den ich nicht kontrollieren konnte, einfach nach diesen Worten gegriffen hat, um sie hervorzubringen.

Ich wünschte, ich könnte etwas tippen, das sofort das gewaltige Ausmaß meiner Liebe in allen Details beschreibt und aufzeigt, worauf mich der lähmende Effekt der Liebe auf Sprache reduziert oder zu was er mich erweitert hat.

Es fühlt sich auf jeden Fall so an, als wäre ich erweitert, aber mein Faible für Sprache ist bis jetzt noch nicht aufgetaucht. Ich bin zu sehr in ihn verliebt, um kohärent darüber zu sprechen.

Ich liebe ihn so sehr, dass ich nichts anderes bin als das. Alles andere, was ich fühle und tue, ist wie eine Gewohnheit oder eine zum Scheitern verurteilte Revolution.

Ich würde buchstäblich jeden Ort, den er betritt, zu einer heiligen Stätte erklären, mit Mitteln und Kräften, die ich weder kenne noch habe, wenn es nicht schon so viel ausgetretenen Boden gäbe und wenn ich die Rechte an den Fußspuren besäße und nicht so sehr in den ganzen Rest von ihn verliebt wäre.

Wenn er irgendwo lange genug stünde, um einen Abdruck seiner Schuhe zu hinterlassen, und wenn ich die Abdrücke sähe, würde ich einen Architekten damit beauftragen wollen, etwas Visionäres daraus zu machen, bis ich über eine größere und noch weniger konstruktive Art, um ihn zu ehren, nachdenken würde.

Die Realität ist so kontrollierend, und ich habe noch nie zuvor versucht, dort zu verweilen, wenn ich schreibe. Es ist das erste Mal in meinem Leben, dass mich jemand auf der Welt dazu gebracht hat, meine Fiktion untergraben zu wollen, während sie mir die Freiheit gibt, die Welt zu vergessen und ihn oder jeden, den ich will, zu verführen oder zu ficken oder zu ermorden oder von ihm geliebt zu werden.

Ich habe noch nie zuvor Fiktives so geschrieben, wie ich denke, rede und fühle. Ich bin mir nicht sicher, warum ich glaube, dass willentlich verletzlich zu sein und das Geschwafel, das daraus möglicherweise resultiert, eine Hommage an ihn ist, und warum ich darauf wetten will, dass euch das ansprechen wird.

Es ist viel verlangt, denn was ich fühle, ist nichts, was ich festhalten kann, abgesehen davon, dass ich sage, Seht her, ich bin ein weiterer Schriftsteller, der offensichtlich verliebt ist und sich sprachlich verirrt hat. Wie kann ich euch dazu bringen, sich dafür zu interessieren, denn niemand interessiert sich allzu sehr für die Liebe eines anderen.

Ich möchte meine Liebe als Perspektive nutzen, die mein Schreiben zu seinem Verehrer und Insider macht und euch zu seinen, ich weiß nicht, Bewunderern vielleicht. Gleichzeitig schreibe ich das für ihn, an ihn, niemanden sonst, und ihr seid meine, ich weiß nicht, imaginären Zeugen.

Ihr wollt literarische Kicks, und mir ist klar, dass er für euch nebensächlich ist. Er wird für euch funktionieren oder auch nicht. Es gibt euch, damit Ihr überzeugt werdet und mir zu beweisen helft, dass meine Liebe nicht bedeutungslos für ihn ist. Wenn ich euch überzeugen kann, und wenn er denkt, dass ich das geschafft habe, wird er wissen, wie unglaublich

ich ihn liebe, falls ihm das etwas bedeutet, und falls er es nicht schon weiß.

Dies ist ein Roman, der wirklich, wirklich nur ihm etwas bedeuten will, in der Hoffnung, dass dies, falls es so ist, heißt, dass er mich auch liebt, weil er weiß, dass ich jetzt alles tun könnte, was ich will, aber ich habe das hier geschrieben.

Ich bete die fließende Lava und alles andere an, was vor einer Milliarde Jahren schließlich den Boden geformt hat, auf dem er geht.

NACHWORT

VOM HOLZ, DAS ALS GEIGE ERWACHTE
(VON CLEMENS J. SETZ)

1

Ich würde so weit gehen zu behaupten, dass *Ich wünschte* der bewegendste Liebesroman ist, den ich je gelesen habe. Selten hat mich ein Stück Prosa so durchstrahlt, so erschüttert und beglückt. Dabei könnte man annehmen, ich sei auf seine Wucht gut vorbereitet gewesen. Denn es ist ja nicht das erste Mal, dass das seltsame Leben von George Miles, jener tragischen Figur, um die die Einzelteile dieses Buches kreisen, von Dennis Cooper in ein Stück hypnotischer, leuchtender Prosa verwandelt wurde. Die Beziehung zu dem unendlich komplizierten jungen Mann, der sich mit dreißig das Leben nahm, bildete bereits den Nährboden für den vielleicht ungewöhnlichsten Romanzyklus des späten zwanzigsten Jahrhunderts: den *George Miles Cycle*. Er besteht aus den Romanen *Closer* (dt. *Ran*), *Frisk* (dt. *Sprung*), *Try* (dt. *Dreier*), *Guide* (dt. *Fort*) und *Period* (dt. *Punkt*) und wurde 1986 begonnen, kurz nachdem Cooper von Amerika nach Europa übersiedelt war. In Amsterdam lebte er in einer Wohnung, deren Mieter kurz zuvor den Verstand verloren hatte und mit Gewalt in eine Psychiatrie gebracht hatte werden müssen. Der Wahnsinnige schrieb sich selbst fast jeden Tag Briefe nach Hause. Cooper lebte in ständiger Angst, dass der Mann eines Nachts aus der geschlossenen Abteilung ausbrechen und zu ihm kommen könnte.

Schon im ersten Roman, *Closer*, begegnen wir einer Figur, die „George Miles" heißt. Dieser geht, in einer seiner schwer fassbaren chaotisch-suizidalen Phasen, zu einem Mann namens Tom, der vom Sexualmord besessen ist und sogar selbst Snuff-Filme herstellt. George lässt sich auf Toms brutale Praktiken ein; er tut Tom sogar den Gefallen und stellt sich tot, während dieser mit ihm tut, was er will:

„*George hörte eine leise Stimme. ‚Irgendwelche letzten Worte?', fragte sie. George war überrascht von der Frage. Wenn er angeblich tot war, wie sollte er dann sprechen? Andererseits, warum nicht? ‚Tote ... reden ... nicht', sagte er in seiner besten Gespensterstimme.*[1]

Als Tom nicht lachte, biss sich George auf die Lippe. Das reichte. Er brach in Tränen aus. Er spürte eine Reihe Hiebe auf dem Rücken. ‚Keine Scheißgefühle, hab ich gesagt!', brüllte Tom. ‚Soll ich dich nun töten oder nicht?' ‚Nein', schluchzte George. ‚Ja, was machst du dann hier?' ‚Weiß ich doch nicht', plärrte George, ‚weiß ich nicht.'"

In dieser grauenerregenden Szene, die mit Georges schwerer Verletzung endet, die er allerdings überlebt, wird ein Grundthema in Coopers Werk aufgespannt: die gerade im erotischen Rausch nie ganz abzuschüttelnde Gewissheit, dass andere Menschen letztendlich nur bewegliche Objekte sind, und die auf diese Einsicht folgende Ratlosigkeit, das verwirrte Wühlen im dargebotenen Körperinneren, die sich unheimlich über die eigene Anwesenheit stülpende Präsenz eines anderen. Was wird aus dem, was wir begehren? Warum entgleitet es uns?

Als Georges Mutter im Sterben liegt, besucht er sie im Krankenhaus und bemerkt an ihrem Bett ein rätselhaftes Objekt, in dem das Leben seiner Mutter konserviert scheint:

---

[1] Im Original heißt es „dead... men... tell... no... tale", was der Übersetzer leider etwas entschärft hat.

„Bei ihrem Kopf befand sich ein Video-Monitor. Ein kleines Licht zeichnete Berge quer darüber. George schaute sich das eine Weile an. Es war nicht sehr interessant. Es sah aus wie diese seltsamen Dinge, die auf dem Fernsehbildschirm erschienen, wenn das Programm eines Senders nachts zu Ende war. Versuchte es etwas mitzuteilen?"

Es erinnert fast an die Frage eines Lehrers aus einem Kunst-College: *Was versucht uns dieser Monitor zu sagen?* Hypnotisiert von der abstrakten Kunst des Herzmonitors starrt George eine Weile darauf. Dann irgendwann glätten sich die von dem kleinen Lichtpunkt ins Schwarze gezogenen Bergketten zu einer Linie. Und es dauert eine Weile, bis er begreift, was es bedeutet. Zuerst erinnert ihn die flache Linie an etwas anderes, nämlich an einen Stift, den sein Freund John übers Papier führte, um Georges Konturen festzuhalten. Erst auf Umwegen ergibt sich die letztendlich unverständlich bleibende Verbindung zwischen Objekten und Lebewesen, und der Übergang verliert sich in einem unendlichen, von Drogen gedämpften Hallraum.

Philippe, eine ähnlich von dem Mord an einem hübschen Jungen besessene Figur wie Tom, fantasiert in *Closer* darüber, Georges Körper aufzuschneiden: „Ich würde erwarten, jemanden zu sehen, der meine Fragen beantworten könnte, indem er mich durch ihn betrachtet. Er würde mir ähneln." Später heißt es: „Doch ganz gleich, wie sehr George jetzt voller Hieroglyphen steckte, es verhalf Philippe nicht zu größerem Durchblick."

2

Unabschüttelbar geistert, mal unter diesem, mal jenem Namen, die archetypische George-Miles-Figur durch den Zyklus. Aber schon beim Lesen des dritten Bandes wird klar: Es kann sich hier um keine direkte Darstellung eines realen Menschen handeln, ganz und gar nicht. Hier passiert etwas vollkommen anderes. All diese Jungen, diese melancholischen, schwer fassbaren Gebilde, diese – im gegenwärtigen Sprachgebrauch – wie NPCs, also *non-playable characters*, in einem Computerspiel reduziert agierende Schattenpersonen, können kein Porträt sein. Aber was, wenn der Romanzyklus mit seiner atemberaubenden Mischung aus Intimität, Grenzüberschreitung und Poesie, gar nie als solches gedacht war, sondern bloß die *Atmosphäre* festzuhalten versucht, in der diese merkwürdige Seele einst existiert hat? „Wer ist George in den fünf Romanen? Ziggy, George, Kevin, …?" Eine solche Frage erscheint zunehmend absurd.

Und dennoch kreisen die Szenen immer wieder um den Wunsch, diese eine ferne Person zu erreichen. Oder, wenn man sie schon nicht erreichen kann, zumindest mit ihr auf metaphysischem Wege zu verschmelzen. In *Guide*, in dem ebenfalls eine Autorenfigur namens „Dennis" spricht, erfahren wir:

„Ich weiß einen fantastischen Trick. Wann immer mir jemand unterkommt, den ich zuerst ficken und dann ermorden möchte, schließe ich die Augen und stelle mir vor, ich wäre in seiner Haut. Dann bringe ich ihn/mich dazu, herumzugehen, sich auszuziehen, zu duschen, zu wichsen, zu scheißen, zu pissen. Das entkräftet fast immer seine Schönheit, macht sie menschlicher, verleiht ihr eine gewisse Gleichgültigkeit und Unsichtbarkeit, und

verbindet sie mit meinen eigenen körperlichen Bedürfnissen, die im Grunde alle mit bloßer Instandhaltung zu tun haben."

Hier wird das metaphysische Erschmecken und Erfahren des Körpers der begehrten Person lediglich als Schutzzauber gegen das Überhandnehmen der eigenen Sexualmordfantasien dargestellt. Aber dieses „In-ihm-Leben" erscheint mir als Spielart des allgemeineren Projekts dieser Bücher: die Überwindung der Körpergrenzen, das Erreichen des unerreichbaren Anderen.

Die Figur „Dennis" in *Ich wünschte* ist viel stärker ausgebildet als der Dennis der früheren Bücher. Er, der „Autor von George" (denn für fast alle Leser der Welt ist George Miles ja genau das: ein vom Autor Dennis Cooper erzeugter textlicher Effekt), erkennt sich nun als grelle Zerrfigur der Fürsorge, des Rettenwollens. Er beleuchtet die tragischen Aspekte des Aufopferns, der Tyrannei seiner Selbstlosigkeit, in einem genialen Kapitel, in dem es um den Weihnachtsmann geht:

„Der Weihnachtsmann tut fast alles, was er will, weil seine ganze Existenz die Unwahrheit ist. Er ist durch und durch nett, weil Güte in seinen Charakter eingebaut ist, und er ist am Arsch, weil Altruisten selbstzerstörerisch sind. In ihm manifestiert sich jeder Akt von Nettigkeit, den man einer erfundenen Figur verleihen kann, aber die Akte erscheinen uns leidenschaftslos und automatisiert, weil derjenige, der ihn erschaffen hat, entweder vergessen hat, ihm eine Motivation zu geben, oder weil er dachte, seine Grundannahme würde nur dann realistisch erscheinen, wenn sie aus dem Nichts heraus wirksam wird."

Bei diesen Zeilen stand mir, ich erinnere mich noch genau, beim Lesen der Mund offen. Das ist Prosa, die in den Glutkern des Universums gestarrt hat. Gerade an der pummelig-albernen Populärfigur des Weinhnachtsmanns wird das Grelle und Tragische der Figur Dennis zum ersten Mal sichtbar. Dieser musste die schreckliche Erfahrung machen, dass Georges extreme bipolare Störung diesen vor seinen Augen in eine Art „Non-Person" verwandelte, in eine reduzierte Daseinsform. Aber irgendwo musste die Originalseele des Jungen doch noch bestehen. Ging es in den fünf Büchern des George-Miles-Zyklus noch um das Mysterium dieser unbegreiflich operierenden Seele, tritt in *Ich wünschte* nun die Darstellung und Feier der Quelle selbst in den Vordergrund, nämlich der Liebe von Dennis zu ihm, und das Rätsel ihrer Unvergänglichkeit. Welchen Zweck erfüllt sie heute noch? Welchen konnte sie überhaupt je erfüllen? War sie George willkommen?

In einem der unheimlichsten Kapitel des Buches erhält das hässliche, erschütternde Monument, das sein Selbstmord in der Welt darstellt, ein konkretes Geschwisterobjekt in der realen Welt: den *Roden Crater* des Künstlers James Turell. Dieses vermutlich unbeendbare Land-Art-Riesenprojekt bringt, indem es zu sprechen beginnt, einen anderen, kleineren Krater ebenfalls zum Sprechen: den Krater in Georges Kopf nach dessen Selbstmord.

3

In dem lange nach dem George-Miles-Zyklus veröffentlichten Roman *God Jr.* geht es um ein Ehepaar, das seinen einzigen Sohn Tommie durch ein mysteriöses Unglück verliert. Der Vater baut ihm daraufhin, als eine Art Trauerbewältigungsritual, ein Denkmal, nämlich einen Turm nach dem Vorbild einer turmartigen Struktur im Lieblingscomputerspiel des Sohnes. Nach einer Weile beginnt der Vater zu vermuten, dass das Bewusstsein seines Sohns in gewisser Weise noch in diesem Spiel weiterzuleben scheint, und er verliert sich, in der Avatargestalt eines Bären, immer tiefer darin.

Einen Toten oder Unerreichbaren zu simulieren, nachzubauen als Bot, als Roboterbewusstsein, scheint ein Motiv zu sein, das fast alle Bücher von Cooper beseelt. Es ist freilich kein gefahrloses Projekt.

Auf seinem Blog postet Dennis Cooper seit längerer Zeit immer wieder auf Profilen von schwulen Datingwebseiten entdeckte *found poetry*. Die scheuverwirrte oder amüsant größenwahnsinnige Ich-Prosa dieser sich mal als normale Escorts, mal als Sklaven auf der Suche nach einem Meister präsentierenden jungen Männer lässt keinen Augenblick die Möglichkeit zu, sich ihnen als Leser überlegen zu fühlen. Eher fällt mir – wie auch bei vielen Szenen im George-Miles-Zyklus und in *Ich wünschte* – beim Lesen dieser Beiträge immer der *Pinocchio* von Carlo Collodi ein, jenes Wesen, das sich auf seinen zwei Holzbeinen in die Welt aufmacht, mit der Mission, eines Tages in eines jener anderen Wesen, dem es äußerlich schon fast vollkommen gleicht, zu verwandeln: in einen Menschen. Und diese tiefernste, ja fast gütige Fürsorglichkeit, mit der sich die Leser und die Profilverwalter solcher Seiten um das Gedeihen ihrer gegenseitig ergänzbaren Fantasiewelten kümmern – fast wirkt es wie etwas, das Dennis Cooper nur für uns erfunden hat. Er selbst gibt einen zarten Hinweis auf die Welt von Pinocchio und zwar im Motto von *Guide*, das einem Zitat aus einem Brief von Arthur Rimbaud an Georges Izambard entnommen ist: *Tant pis pour le bois qui se trouve violon.* „Umso schlimmer für das Holz, das als Geige erwacht."

Erinnern wir uns noch einmal an jene grauenerregende Szene in *Closer*, in der George von Tom gequält wird:

„Als Tom auf den Boden zeigte, legte sich George flach hin. Er hörte eine Reihe von Geräuschen. Das einzige, woran sie entfernt erinnerten, war ein Baumstamm, der zerhackt wurde. Tom sagte nach einer Weile gar nichts. Die Geräusche gingen weiter. George lauschte aufmerksam. Ihm wurde klar, dass er es war, der zerhackt wurde."

Das sprachbegabte, aber noch unbehauene Stück Holz, das sich bald als etwas ganz anderes wiederfinden wird, schreit am Anfang von *Pinocchio*: „Nein, bitte schlag mich nicht!". Wenige Seiten später wird es bereits von Meister Geppetto mit einem Messer bearbeitet und in eine menschliche Form gebracht. Doch was wäre wohl aus dem Stück Holz geworden, wenn man es so belassen hätte, wie es war? Und würde ein Holzstück, das derart zu wehklagen versteht, sich nicht automatisch selbst zum baldigen Geschnitztwerden verdammen, weil alle naturgemäß davon ausgehen werden, ein Mensch sei notwendigerweise in seiner Materie gefangen und wolle unbedingt sichtbar werden? Nur das Holz, das – wie der durch Dennis Coopers Romane geisternde Schatten von George Miles – gelangweilt oder verwirrt schweigt, oder einfach nur *non-person*-haft depressiv dasitzt und starrt, hätte vielleicht noch eine Chance, verschont zu bleiben.

4

Aber der reale George wurde nicht verschont. Er brachte sich um. Die ihm gewidmeten Bücher kamen alle zu spät. Schon das erste, *Closer*, verfehlte ihn knapp. Und dennoch wirkt *etwas* durch diese Bücher, und vor allem durch *Ich wünschte*, weiter in der Welt. Denn wenn man einen Leser zumindest für die Dauer der üblichen Romanlese-Hypnosezeit (2–3 Stunden) davon überzeugen kann, dass George Miles wirklich der Mittelpunkt der Welt ist, auch heute noch, dann darf man annehmen, dass genau das beim realen George selbst auch in abgeschwächter Form funktioniert hätte. Die Nachricht hätte ihn also *irgendwie* erreicht. Wir, die Leserschaft, werden durch dieses Buch vorübergehend in etwas Georgeähnliches verwandelt, in ein nicht ganz lebensfähiges Simulacrum, gespeist aus den verschiedenen Spiegelscherben der verlorenen Persönlichkeit. Und an diesem Simulacrum wird nun, durch die hier zum ersten Mal im Zentrum stehende, tragikomische Fürsorgemonsterfigur des Autors Dennis, der Liebesimpuls ausprobiert.

Anders als die Leserschaft konventioneller Schreibender, ist die Dennis-Cooper-Leserschaft der Welt seit Jahrzehnten „im Training" für diese Stellvertreterleistung. In einem Gespräch zwischen Dennis Cooper und Paul K., dem Moderator des hervorragenden Podcasts *Wake Island*, sagte Paul K., für ihn sei „George Miles" seit langer Zeit eine künstlerisch fruchtbare Atmosphäre gewesen, ein Archetyp, mit dem er sich identifizieren könne. Das bringt es auf den Punkt. Wer diese Bücher liest, wird irgendwie von ihm berührt werden. Denn alle Menschen, die „ihn" lesen, werden notwendigerweise *irgendetwas* von ihm enthalten, suggeriert bekommen oder annehmen. Kein Mensch auf der Erde ist das genaue Gegenteil von George Miles. Nein, jeder besitzt zumindest einen winzig kleinen Teil, der auch ihm einst eigen war. Je öfter wir also diese großen metaphysischen Romane lesen, desto mehr werden wir empfänglich für genau diese Anteile. Wer diese Anteile in sich aufleuchten fühlt, wird feststellen können, dass die Liebeserklärung in *Ich wünschte* ihn erreicht hätte.

5

Den Kern eines Wesens festzuhalten, seinen mysteriösen Tanz, seine Leuchtspur in der Welt, das wird zum Hauptprojekt in Dennis Coopers späteren GIF-Romanen (erhältlich über die Webseite von *kiddiepunk press*). Es sind narrative Kompositionen aus bewegten Loops, durch die man von oben nach unten scrollt. Sie ergeben beim Lesen einen ähnlichen Effekt wie gewisse experimentelle Prosa, Einzelszenen und Motive bauen sich auf, schrille komische Effekte stellen sich ein, auch Momente von Ironie und Zartheit.

Die GIF-Romane erscheinen wie eine moderne Version einer Episode aus aus Raymond Roussels Roman *Locus Solus*. Dort werden Leichen durch eine Medizin namens *Resurrektin* dazu gebracht, immer wieder den einen bedeutsamen Moment aus ihrem Leben pantomimisch zu wiederholen. Ihr bizarrer Endlosschleifentanz bildet eine Attraktion in den Privatgärten des geheimnisvollen Monsieur Canterel, der seine Besucher im Roman von einer Merkwürdigkeit zur nächsten geleitet. Und die GIFs in den Romanen *Zac's Haunted House* oder *Zac's Drug Binge* sind genau solche Resurrektin-Leichen: umgeben von nichts als weißer Webseitenfüllfarbe, performen sie in alle Ewigkeit nur ihre eine Eigenhandlung, ihre skandalöse Selbstbehauptung im luftleeren Raum.

Vielleicht ist das eigenartig verwunschene Leben der GIFs ein wichtiger, letzter Puzzlestein zum Verständnis von *Ich wünschte*. Denn auch „George Miles" vollführt darin, in gewisser Weise, immer wieder dieselbe Handlung. Er erschießt sich. Kapitel folgt auf Kapitel, aber am Ende erschießt er sich. Dennis Cooper erfuhr im realen Leben erst zehn Jahre zu spät vom Selbstmord des Freundes, möglicherweise ein

Beweggrund, diese Tat als „unendlich" oder „ewig" zu empfinden. Egal, was man unternimmt, George erschießt sich immer noch. Der Akt (und das Echo dieses Akts in der Fürsorge von Dennis) kann nur für immer wiederholt werden. Ein Universum ohne ihn ist nicht mehr denkbar. Und wer weiß, vielleicht ist *Ich wünschte* gar nicht die letzte Schicht, die als schonende Hülle um diesen gewaltigen Krater gebaut werden wird. Es braucht möglicherweise noch unendlich viele weitere Schichten, unendlich viele weitere Werke für George.

DANKSAGUNGEN

Dennis Cooper ist zutiefst dankbar: Carria Kania,
Mark Doten, Kier Cooke Sandvik, Gisèle Vienne,
Michael Salerno, Frederick Boyer, Jürgen Lagger
und Jeremy Davies.